ビルマに見た夢

古処誠二

双葉文庫

目次

精霊は告げる

疑いつつ信じねばならない。信じる努力をしつつ疑わねばならない。フラウル部落で聞いた精霊の話はそんな軍務を象徴していた。

牛車を御(ぎょ)すモンネイには外で待っているよう言いつけて、西隈(にしくま)はその日ドホンニョという名の老婆を訪ねた。そして大いに悩まされることになった。

・

万物に宿るという精霊は八百万(やおよろず)の神を連想させる。ビルマ人が立ち小便をしないのも草木の精霊に一物を見せぬためであるという。確かに男たちはロンジーで下半身を隠したましゃがんで用を足す。無学な労務者にも例外がないのだから常識として根づいているのである。さりとて飛行機にまで精霊が宿ると聞かされては戸惑わざるを得なかった。

「失礼、ドホンニョ。俺の耳はビルマ語になじみ切れていないらしい。悪いがもう一度言ってくれんか。何の精霊だって?」

「飛行機の精霊(レイミャン・ナット)です」

　問い返しを待っていたかのように反応は早かった。フラウル部落の最高齢者であったが頭のほうはいたって達者である。西隈に配慮し一音一音をはっきりと発していた。カタカナにすれば精霊は「ナッ」である。しかし日本人の舌には収まりが悪く、将兵の多くは「ナット」と呼んでいた。ドホンニョは明らかにその点にも留意していた。

「飛行機がこの世に誕生して数十年しか経っていないぞ」

「年月は関係ありません。飛行機というものがこの世に存在するからには精霊も宿っているのです」

「あくまですべての物に宿っているのか」

　西隈は軍刀を持ち上げてみせた。ドホンニョは迷わず「宿っています」と答えた。

「西隈マスター、日本の軍人さんにとって刀は大切なものではありませんか。魂がこもっていると聞いたことがあります」

「確かに良い刀には職人の心がこもっている。それを魂と呼ぶ者もいる」

「精霊も似たようなものと考えればいいのです」

「だけどなドホンニョ、大量生産の飛行機にまでそんなものが宿るとはさすがに考えにくい。この刀にしてもそうだ。これは間に合わせの粗悪品だ。使ったことはないが切れ味など知れている。こういうものにまでいちいち魂がこもっていたら魂そのものにありがたみがなくなるだろう」

「ちゃんとした職人の作った物には魂がこもり、そうでない物にはこもらないのですか。それはまたなぜですか」

「念が違うからだ。身を削った仕事であるからこそ作り出されたものには価値が生まれるのだ」

「価値ですか」

ドホンニョは茅葺(かやぶ)きの天井をつと見上げた。顔に刻まれた深いしわが陰影を深めた。

家人は席を外していた。畳にすれば八畳ほどの茶の間には必要最小限の生活物資しかない。目につくものといえば小さな仏壇と仏画くらいだった。

「日本人は価値のないものに魂はこもらないと考えるわけですか」

「そういうわけではないが」

根本的な部分で認識がずれていることは確認するまでもなかった。実体のないものの定義がそもそも不可能である。精霊を魂にたとえる時点で無理もあろうし、煎じ詰めれば文化や思想の話になる。鰯(いわし)の頭も信心からとの言葉がふと脳裏をよぎった。

「ではビルマと日本は違うということにしましょう。とにもかくにもここはビルマですから飛行機にも精霊は宿っているのです」

少なくともドホンニョはそう信じていた。事を偽る色がどこにもない。面差しは柔らかく、西隈へ戻された目はどこか楽しげだった。

「よし分かった。そういうことにしようか。飛行機にも精霊は宿っていると。日本軍の飛行機にも英軍（イングリ）の飛行機にも宿っていると」

「宿っています。日本軍の飛行機は近頃とんと見かけませんが」

「ということは、くだんの精霊はイングリの飛行機のそれなのだな」

「はい」

ここでもためらいのひとつとして見えなかった。わずかに曲がった背中に何かしらの重みを感じさせる気配でドホンニョは明言した。

「わたしの体にはイングリの飛行機の精霊が憑（つ）いています」

ずいぶんと面倒なことに首を突っ込んでいるような気がしてならなかった。精霊が憑いたと語る住民が現れたところで本来なら放っておけばいいだけである。何を騒ぐわけでもない。ドホンニョはフラウル部落に暮らすひとりの年寄りでしかない。そう考えれば、性分の細かい所長にこそ面倒の原因があると言える。

咳払いをはさんで西隈は気を取り直した。

「しつこいがもう一度確認させてくれ。ドホンニョ、あんたの体にはイングリの飛行機の精霊が憑いているのだな。その精霊が空襲を教えてくれるというわけか」

「空襲を教えてくれるのではありません。身内の危険を教えてくれるのです」

皮膚のたるんだ手がかたわらの盆を引き寄せた。前任部隊から贈られたという手製のタバコ盆である。ブリキ灰皿の横にはセレが並べられていた。

一本をくわえ、マッチで火を点け、ドホンニョはスパスパ吸い始めた。落ちる火の粉は灰皿で受けられた。ドホンニョの言う身内とは、家族や親族はもとよりフラウル部落の人々を指していた。

「精霊とはずいぶんと親切なものだな。俺にも憑いてくれるとありがたい。なぜあんたに憑いたのだろうな」

「分かりません。ある日突然憑きました」

「いつのことだね」

「半年ほど前です」

「具体的には？」

「水祭りの少し前でした」

ならば四月だろう。七か月前である。

ドホンニョは語った。英軍機が妙に活発だったその日、近くの林に爆弾が落ちて人々は騒然となった。部落長が呼集をかけ、若者たちが住民の安否を確認して回る間も、低空飛行の轟音が何度か空をよぎった。

　ドホンニョは仏壇に手を合わせながら恐怖に震え続けた。娘と婿が耕地から駆け戻ってきたときは安堵のあまり涙が出た。

　幸いにしてフラウル部落に死傷者はなかった。しかし身の縮む恐怖が老体にこたえたのかドホンニョは少し体調を崩した。

「寝室で横になっているうちに呼吸は落ち着きましたし、夕刻には普通に食事もできました。ですがその時点で背中にかすかな重みがありました。翌日も翌々日も重みは抜けませんでした」

　西隈に背中を示してドホンニョはセレをふかした。

「そうしてさらに何日か経った朝、背中から声が聞こえてきたのです」

「精霊の声か。どんな声だね」

「いえ、声というのは違うかも知れません。わたしは感じたのです。明日はコオンテンを部落から出すな。そんな声を感じたのです」

　コオンテンとは部落に暮らす青年のひとりである。

「ムントウの町のマーケットへ行く予定がコオンテンにはあったのです」

　明日はコオンテンを部落から出すなとの声は何度か繰り返された。奇妙に思ったドホンニョは部落長に相談した。

頭に「ド」を冠されるのは地位の高い女性である。くわえて部落の最高齢者である。その述べるところを無視できるはずもなく、部落長はムントウへの買い出しを中止するようコオンテンに言い渡した。果たして翌日、ムントウの町が空襲を受けた。大した規模ではなかったもののマーケット付近の民家がいくつか焼け落ちた。

「部落長がさっそく飛んできて、あんたには精霊が憑いたのだろうと言いました。お告げがなかったらコオンテンは死んでいたかも知れないとのことでした」

西隈はタバコを取り出した。大きな煙をひとつ吐き、断りを入れて灰皿を借りた。

どう受け止めればいいのか分からなかった。日本の将兵をたぶらかして喜ぶような人間などビルマでは見たためしがない。ましてや長年にわたって徳を積んできた老婆である。精霊を尊ぶうちにそうした錯覚を起こしたところで不思議はないとひとまず強引に納得した。

ただしそれは個人としての納得でしかなかった。所長の顔を思い浮かべれば、はいそうですかと引き揚げるわけにもいかなかった。

「部落に祀られている精霊ならまだしも、よりによってなぜイングリの飛行機の精霊が憑いたのだろうな。あんたらを怯えさせたのが他ならぬイングリの飛行機だよ」

「空襲は飛行機でなされるものですから、身内の危険を教えてくれるのは飛行機の精霊だと思います」

かすかな重みは今もあるのかと問えば再び背中が示された。肩から背中にかけて布を一枚よけいに羽織ったような重みが常にあるという。できれば見えてほしいものだと思いつつ西隈は目を凝らした。

「いかがですか。気配のようなものを感じますか」

「軍人としては実につらいところだ。我々はなによりも目に見える事実を重視せねばならんからな」

目に見える事実ですかとドホンニョはつぶやいた。そして出し抜けに鋭い指摘をした。

「ですけど西隈マスター。マスターは目に見える事実を踏まえて訪ねてきたのでしょう」

そのとおりである。

先週空襲を受けた野戦倉庫の構築現場にはフラウル部落の労務者がいなかった。先々週に空襲を受けた偽装線路の敷設現場にもフラウル部落の労務者はいなかった。困ったことに当初はどちらも一名の参加予定があった。部落長いわく「突然の腹痛を起こして出られなくなった」のだった。

所長がこれに一抹の不安を覚えたのが発端である。「フラウル部落に探りを入れつつ労務意欲を促進せよ」との命令を西隈は受けることになった。

まずは部落長を訪ね、時候のあれこれから労務へ話を転がした。空襲を考えれば出たくないのは理解できるがそれでは日本もビルマも将来的に困ると西隈は遠回しに語った。責めるつもりはなかった。言葉も丁寧に努めた。ところが部落長は相づちにもたびたび窮し、言葉を交わすほどに目を泳がせた。仏教のたまものか元来ビルマ人は物事を偽るのが苦手である。軍人が真に受けるはずがないと分かっているだけに、精霊のお告げを白状するおりの部落長はほとほと困り果てていた。

「腹痛はもちろん嘘です。部落長に嘘をつかせたのはわたしです。申し訳ありません」

唐突に頭を下げられて西隈は慌てた。

「よしてくれドホンニョ。あんたを詫(わ)びさせたなどと住民に知れたら俺は軽蔑されてしまう」

「若者たちにも部落長にも罪はありません。わたしが嘘をつかせたのです」

「罪など誰にもないのだ。日本軍はもう二年近くビルマにいるのだぞ。労務者の怠け癖や気まぐれには慣れている。仮病が使われたところで今さら誰も憤りはしない」

行政に関わるような者ならばいざ知らず、ビルマ人は時間にも大雑把である。街道から離れた山の部落では特にその傾向が強い。移動となれば徒歩か牛車で、ときには道草を食いもする。それらをいちいち日本式倫理観にはめ込んでも反感を招くだけだった。長い目で見ればかえって効率を下げるだろう。

問題はやはり性分の細かい所長にある。思考を巡らせるあまり落牒(らくちょう)の接触までを想像しているのである。ようするに、敵もしくは敵性の人間が策動しているのではないかと疑っているのだった。

さてこの顛末（てんまつ）をどう報告すべきか。

しわの刻まれたドホンニョの顔を見ていると、この老人を困らせるようなことがあってはなるまいとの思いばかりが募った。精霊の真偽など、もとより追及のしようがない。結局はそのまま暇乞（いとまご）いすることになった。

「とりあえず精霊の件は他人には語らんでくれ」

また巡回のおりに立ち寄ると告げて腰を上げると「分かりました。お待ちしています」とドホンニョはにこやかに一礼した。

家人は西隈の辞去をあからさまに待っていた。露台へ出たとたん娘夫婦がそろそろと歩み寄ってきた。

「西隈マスター、食事も出さずに失礼しました」

「気にするな。次にうんとごちそうになる。モンネイはどこに行った」

「南の林です。呼んできます」

「それにはおよばない。邪魔したな」

不安もあれば聞きたいこともあろうが娘夫婦はこらえていた。騒ぎ立てぬよう部落長に言い含められているのだった。

子供が連絡に走ったらしく、その部落長もすぐに現れた。とかく威圧的な音を鳴らす軍刀を西隈は押さえた。

「部落長、何も案ずる必要はないよ。俺はただの巡回で来たのだ。たまにはドホンニョとも世間話をしたかった。それだけだ」

部落道をはさんだ井戸端には、ぞんざいな手つきでロンジーを洗濯する婦人たちが群れていた。「ゴ苦労サン」と将兵を真似た日本語が飛ぶと、いくらか硬かった部落内の空気が緩んだ。がさつに笑う婦人たちは世界大戦にもさほど関心がなかった。

部落を外れた林の際（きわ）にモンネイの牛車は停まっていた。二頭の瘤牛（こぶうし）が黙々と草をはむそばでモンネイ当人は金平糖（こんぺいとう）をかじっていた。日本語を解するがゆえに雇われている十歳の少年である。ただしその言葉遣いは通訳には向いていない。出張所ではタクシー運転手と位置づけられていた。

「オッ、ゴ苦労だったナ西隈軍曹ドノ。帰るカ。さあ乗レ」

出張所までは一時間ほどである。牛車の荷台にはトラックに倣（なら）った座板までが設（しつら）えられ、出張所では好評を博していた。西隈が定位置に腰をおろすのを待ってモンネイは牛車を発進させた。

どこからか孔雀（くじゃく）の鳴き声があがり、猿の影が枝を揺らした。山の百姓部落を繋ぐ道は極めてのどかである。

途中、抜けるような青空を見ながらぼんやりと思った。精霊がたとえ存在しても飛行機の精霊ばかりはやはりなかろう。

・

出張所はモンネイの暮らすチボー部落と隣接している。水はけと風通しのいい林であり、慣れてしまえば不満も支障もなかった。兵舎、浴場、厠などは前任部隊からの居抜きである。

「お、戻ったか。ご苦労」

東屋と呼び慣わされている吹きさらしの小屋で渡辺曹長が赤犬とたわむれていた。躾をほとんど受けないビルマの犬は自由奔放である。気ままに現れては兵食のおこぼれにあずかっていた。

「モンネイもご苦労だったな。牛の調子はどうだ」

「大変イイ」

牛車から飛び降りてモンネイは長椅子に腰かけた。

「牛という生き物はナ、労ってさえイレバいつでも元気に働いてくれるノダ」

「そうかそうか。さすがは百姓の倅だ」

「オイ、渡辺曹長ドノ。貴様も日本の百姓なのダロウ。牛の扱い方も知らずにいたノカ」

「俺は百姓がつらくて軍隊に逃げ込んだのだ。これからもずっと軍隊生活だ」

用意していたのだろう金平糖が物入れから取り出された。「貴様なかなか気が利くではナイカ」とモンネイは目を丸くし、さっそく口に放り込んだ。

「さあ、早いところ家に帰って水汲みを手伝え。それともまたパゴダ参りに行くか？」

「今日の仕事ハもうないノカ？」

「ない」

「よーし分カッタ」

軍隊生活の長い者はメリハリの付け方が見事である。「ではマタ」とモンネイが消えると渡辺曹長は表情を改めた。

「所長殿がお待ちかねだぞ。早く行け」

林に散在している高床式兵舎の中、所長室はほぼ真ん中に据え置かれている。精霊のお告げは伏せておくべきだろうと考えつつ西隈は足を向けた。

「偶然？　午前中いっぱい使っての成果が偶然の一言か」

出張所は兵站（へいたん）地区隊のムントウ支部に属している。兵站警備隊の兵力をもって担当区域の兵站線を維持するのが任務だった。とはいえ、その実態は雑務隊とでも呼ぶべきものである。兵站地区隊の業務取り扱い規定には持ち込まれる事柄のすべてに対応するよう明記されているのだから呆れるほかない。輸送案内や空襲後の復旧作業に駆り出されるのはいいとしても、ときには地誌調査や風俗調査までが求められる。一方で敵手に対する警戒も続けねばならず、民心に気を配り続けねばならない。当然のことながら指揮官にはそれなりの柔軟性が必要とされた。

　残念ながら所長はいささか柔軟性に欠けた。角が取れきらぬ年齢の少尉である。許される程度の口調を意識して西隈は無難に応じた。

「落諜の接触はさしあたって考えすぎであろうと自分は思います」

　先週と先々週の空襲現場にたまたまフラウル部落の労務者がいなかっただけだと強調するしかなかった。

「考えすぎであってほしいとわたしも思ってはいるのだ。住民を疑うのは気分のいいことではない」

「所長殿、確率的に考えればそうした例のないことのほうがかえって不自然ではないでしょうか」

出張所の担当範囲には八つの部落がある。そのことごとくが戸数二十に満たない。募労の必要が生じた際は連絡を差し向け、部落長を通して青壮年を集める。強制はできない。たいていは義理に反しない程度の少人数が応じてくれる。部落によっては持ち回りが定められており必ずひとりが出てくる。労務局の手がおよばぬ地はどこも似たような状況だった。

「部落の反応は」

「特には何も。普段と変わりなく乾期の暇を持てあましています」

所長室には机と椅子と書棚のみが置かれていた。採光窓は小さく、どうかすると営倉のそれを思わせる。前任部隊も当初は近在住民等に注意していたことがうかがい知れる。西方のジビュー山系に落下傘の目撃事例が早くからあるのだった。

そうした環境がよくないのか、出張所開設からひと月が過ぎても所長には慣れがまるで見えない。日本軍への非協力を煽（あお）りつつ民心を摑む。そのために落諜は空襲の予告をしているのではないかとまで憂慮していた。

可能性でいえばむろん否定はできない。しかし矛盾をはらんでいる。落諜にしてみれば自分の存在を教えるに等しい。

「所長殿、僭越ながら申し上げます。落諜が空襲を予告するような例があるとしても前線に近い土地や大きな町に限られると自分は思います。そうでなければ明らかな勝勢の場合くらいでしょう。少なくとも山狩りの恐れのあるうちは息を潜めて情報収集に徹するはずです。降下自体を無意味にしたあげく無線機等を敵に渡すなど愚の骨頂です」

前線は遥か彼方の山河で、しかも目下のところ大きな動きはない。むしろ友軍はウ号作戦に向けて準備を進めている最中である。認可に至るか否かはともかく、それはアラカン山系の奥深くにあるインパール盆地の占領を目的とする遠大な攻勢だった。

無言で思案を続ける所長に西隈は畳みかけた。

「ご心配でしたら明日にでも巡回をなさってみてはいかがでしょうか。ぜひご自身の目で部落や住民の様子をご覧ください。自分がお供いたします。ここらでもう一度顔をつないでおくのも決して無益ではありません」

あるいは下士官兵のあずかり知らぬ事柄が前任部隊から申し送られているのだろうか。さほど考える風もなく「やめておこう」との言葉が返ってきた。

「貴官の目を疑うつもりはない。ご苦労だった。勤務に戻れ。だが西隈軍曹、これからも巡回時には注意を向けておけ。何か引っかかることがあればすぐに報告せよ。些細なことでも構わん」

「分かりました」

入り口で敬礼したとき所長は改めて「ご苦労だった」と言った。理不尽なところはない。陰口を叩かれることもない。誠実なぶん将校の自負が強いだけである。部落巡回に消極的な理由もきっとそこにある。いたずらに住民の前へ出ては安く見られると危惧しているのだった。

・

渡辺曹長に言わせると所長のそうした性分はありがたいらしい。

「下級将校はおおむね二種類に分けられる。階級にあえぐ者と階級で部下をあえがせる者だ。言うまでもなく所長殿は前者だ。何事にも慎重なお人なのだ。考えすぎる嫌いはあっても災難をもたらすほどではない。すっかり手足になったお前としては悩ましかろうが頼られている証拠と思っておけ」

名もない赤犬は主人に心寄せる気配で渡辺曹長の足元に眠っていた。どんなに馬鹿な犬でも集団のかしらは見極めるものである。渡辺曹長は言うなれば影の所長だった。

「それはそうと渡辺さんはどう思いますか」

「ドホンニョの件か」

タバコが点けられた。

「まあ精霊の真偽は措くとしよう。お前の目にたぶん狂いはない。ドホンニョ本人は精霊が憑いたと信じている。さしずめ神がかりか」

ビルマの昔話には精霊がらみのものが多い。日本の狐憑きじみた話もある。それを考えれば特に驚く必要もなかろうとのことだった。

「とりあえず所長殿に伏せたのはいい判断だ。フラウル部落におかしな気配がない限りは今後も言わんでいいぞ。こっちでも少し調べてみる」

抜かりのない人である。所長が落諜の接触を疑った時点でひとつ手が打たれていた。図嚢を携えた下士官が間を計っていたかのように営門から現れた。毎日ムントウへおもむいている命令受領者である。「こっちだ」と渡辺曹長が手をあげると駆け寄ってきた。

「日々命令の他は陣中新聞のみです。あと、これでよろしいですか」

図嚢から藁半紙が二枚取り出され、渡辺曹長はその場でざっと目を通した。

「よし。手間をかけたな」

「いえ、教育資料だと説明するとすぐに出してくれました」

不躾を承知でのぞき込むと、藁半紙には日付と地名が羅列されていた。一礼とともに命令受領者が消えたとたん渡辺曹長は思いがけず押しつけてきた。

「今年の空襲のおおまかな一覧だ」

ムントウの町を中心にして南北に延びる鉄道と街道、およびその周辺に対する攻撃事例である。兵站地区隊での記録のみならず前任部隊からの申し送りも含まれていた。

「水祭りの少し前と言ったな」

「何がですか」

「精霊が憑くきっかけとなった投弾だ。これだろう」

四月一日にフラウル部落の近くに投弾のあったことが記されていた。

無意識のうちに顔を上げ、西隈はフラウル部落の方向を眺めた。街道を外れれば山間(やまあい)を縫うようにして牛車道が延びるばかりである。各部落は焼畑や稲田の整備に適した場所を選んで点在している。それは上空からみれば文字通りの点にすぎまい。景色はほぼジビュー山系から続く緑に占められている。

兵站地区隊が管理する野戦倉庫は街道に沿う林を選んで置かれており、百姓部落しかない山々を英軍機が狙う理由などない。あるとすれば脅しだった。

「気まぐれな投弾だろうな。投弾時機を逸したあげく適当に捨てていったのかも知れん。で、こっちが本年度の労務参加者数の一覧だ」

山の百姓を集めるのはムントウで雇われている労務者では追いつかないときに限られる。このところ募労が続いているのは雨期明けとともに空襲が増えたからだった。

二枚の藁半紙を照らし合わせれば、まず目に留まるのが七月の雅橋に対する二日連続の空襲だった。むろん出張所開設前の被害である。

雅橋は、ムントウの南を流れる河にかつて架けられていた木橋である。河はイラワジ河の支流にすぎないものの幅は四十メートルを超える。

橋が被爆すれば人も物もたちまち滞る。前任部隊はさっそく募労に走り回って合計十九名を集めている。二度目の空襲は復旧作業を狙いすましたものと思われる。

「八つの部落から十九名もの労務者が集められながらフラウル部落からの参加者はゼロだ。この日のことは確認したか」

「申し訳ありません。先週と先々週の件しか頭にありませんでした」

四月に精霊が憑いたというのだから当然それ以降のお告げのすべてを確認してくるべきだった。妙な騒ぎにならなければいいとだけ考えていた自分の愚かさを西隈は噛みしめた。

「まあ唐突に精霊などと言われれば誰でも面食らう。それにしてもこうなるとまた厄介だな。四月のコオンテンの件は除外するとしても、募労上の記録が計三件となれば所長殿でなくとも引っかかるものを覚える」

記録ばかりは偽れない。これは所長に報告せねばならない。一方で精霊のお告げなど軍隊の報告に許されるわけがない。その結果は見えている。所長は落諜の存在をより疑う。
「精霊のお告げが事実であれば逆に話は楽だな」
乾期に入ったビルマを敵機はいよいよ我が物顔で飛び回っていた。支部からの募労指示も日を追うごとに増えると覚悟せねばならない。渡辺曹長は珍しくむずかしい顔になった。

・

それから二日が経過した午後遅く、街道を敵機が襲った。ホーカー・ハリケーンの六機編隊だった。

飛行を遠望していれば旧雅橋の渡場が狙われていることは容易に想像できた。街道にも被害がおよぶことは考えるまでもない。ミイトキーナまで延びる街道と鉄道は北部ビルマ最大の動脈である。

敵機が引き揚げると爆煙と火煙が残された。野戦倉庫の警備に出ている兵力をのぞいて出張所はまず被災者救援用の班を編成することになった。

無用な出歩きをしないぶん、こうしたときの所長は行動が迅速かつ積極的である。出張所における残務を渡辺曹長に託すとみずから二個班を率いて出動した。

じきに募労指示が来るのは知れきっており渡辺曹長はすでに牛車を手配していた。八つの部落を回っての募労は半日仕事だった。

「西隈、今日は吉岡を連れて行け」

「ひとりでいいですよ」

「そうはいかん。戻りは深夜だろう。小銃を受領しろ」

落諜等の存在を前提とするよう言いつけられているのか渡辺曹長は軍務の基本を譲らなかった。

武器掛から小銃と実包を受領したところで牛車が現れた。「西隈軍曹ドノ。こっちダ。早く乗レ」と手を振るモンネイの後ろで吉岡上等兵が驚いた顔をした。

「小銃を持っていくのですか」

「お前のだ。ついてこい」

実包二十発とともに押しつけて西隈は座板に腰をおろした。部落巡回と同じ道順で行くよう告げると「よーし分カッタ」と返ってきた。

適地に置かれた退避壕からチボー部落の住民もぼちぼちと姿を見せていた。婦人や子供は遠い煙を見ながらことのほか不安げだった。気を付けて行きなさいという年寄りの声に送られて牛車は進んだ。

「モンネイの両親は何も言ってなかったか」

「言ってはいませんでしたが、できればこんな時間には行かせたくない様子でした」

街道の被害が不明なままでは支部からの要求人数は判断がつかない。小銃に実包をこめながら吉岡は懸念の色を浮かべた。

「何人集まるでしょうか」

「集められるだけ集めるしかなかろう」

「制空権がなくてはどうにも具合が悪いですね。マンダレーでは日本軍に落胆している住民も珍しくありません」

先日、下士官のお供で兵站司令部へ使いに出たときそうした例を見たという。ただでさえ大型爆撃機の投弾を受けがちなマンダレーでは住民の動揺が大きい。治安維持会の機能にも限界があるとのことだった。

「イラワジ河の渡船待ちで茶店に行ったとき、どうしてイングリの飛行機ばかりが飛ぶのだと店主に質問されましたよ。すぐにインドを制圧して敵の飛行場も占領すると答えたんですが、その話はもう聞き飽きたと笑われました。牛の購入価格をめぐっての悶着も増えています。どこの兵站勤務者も苦労は同じです」

吉岡は入営から三年になる。支部から離れるまでは将校当番を務めていた模範兵である。出張所本部に配属されたのもそれゆえだった。西隈の意思を先取りして御者台のモンネイに声をかけた。

「牛の調子はどうだ」

「調子はいいゾ。吉岡上等兵ドノ、牛という生き物はナ、労ってさえイレバいつでも元気に働いてくれるノダ」

「そうか。ならば労ってやりたいところだが今日は少し急ぎたい。せっついてくれ」

多くの稲田は刈り入れを終え、このところの瘤牛は日がな草をはんでいる。体力の回復期でありモンネイの牛にも疲れは見えなかった。

光景だけを切り取れば山の牛車道はどこまでものどかである。ゆるやかな起伏が延々と続くばかりでめぼしい変化もない。やがて空に茜が差し始め、轍の刻まれた道は陰っていった。

フラウル部落の手前には戸数十五の部落がひとつある。牛車が入るや否や部落長が出てきた。

「我々も日本軍には勝ってほしいですし日当を欲しがる若者もいますが、わたしにも立場があります。一名のみでお願いします」

気遣われてはかえって心苦しく、西隈は参加者の名前を確認するにとどめた。意識はむしろフラウル部落に向いていた。

「では部落長、明朝チボー部落に集合と伝えておいてくれ」

敵機の飛び回ったあとの募労には根本的な無理がある。手帳に名前を書き取ると吉岡は憂いをのぞかせた。

「この調子では十名にも届かないかも知れませんね。規模を考えればフラウル部落でなんとか二名は欲しいところですが」

他言無用を命じられているわけではなかったし、吉岡なら軽々しく口外はすまいが、精霊の件はやはり話すべきではなかった。こうしている間にもドホンニョは精霊の声を聞いているのではないかと想像して西隈は面倒にならぬよう祈った。

「たとえゼロでも何も言うなよ。部落の対応がどうあろうとお前は無反応でいろ」

ゼロを前提にしているように聞こえたのかいぶかしげな顔が返ってきた。

「民心によくない変化が見られるのですか」

「詮索はするな。お前が案じるようなことは何もない」

下士官が素っ気ないときは黙るに限ると心得ている。懐中電灯を取り出し、「分かりました」とだけ答えて吉岡はモンネイの隣へ逃げた。

「オッ、吉岡上等兵ドノ。手伝ってくれるノカ」

「先は長い。交代で行こう」

「貴様なかなか気が利くではナイカ」

軍刀の頭(かしら)に手をのせて西隈は星の出始めた空を眺めた。いくらか欠けた月が皓々(こうこう)としていた。前任部隊にずいぶんと可愛がられていたらしくモンネイは兵務の常識までを学んでいた。

「オイ西隈軍曹ドノ、貴様は寝てイロ。着いたら起こしてヤル。兵隊というものハ休めるときに休まねばならんノダ」

　予期せず牛車が停止したのは周囲の木々が黒く塗りつぶされた頃である。フラウル部落にはまだ距離があった。

「誰か」

　吉岡が前方へ小銃を向けた。体の反射で西隈は拳銃を抜いた。間をおかずにビルマ語の挨拶が聞こえた。懐中電灯の光に目を細める男が牛車の前に歩み出た。

「なんだコオンテンじゃないか」

　気抜けした声とともに吉岡は小銃をおさめた。木訥（ぼくとつ）とした百姓の顔でコオンテンは闇に囲まれていた。

　夜間に出歩くビルマ人は珍しくない。若者は他の部落まで出かけて意中の娘と話に耽（ふけ）りもする。コオンテンの気配はしかし、そうした用件とは明らかに異なっていた。「脅かしてすみません」と、どこか深刻な表情で詫びた。

「吉岡、一足先にフラウル部落へ行け」

　言葉を探しあぐねるコオンテンの様子を確かめて西隈は荷台を降りた。ここでも「分かりました」とだけ答えて吉岡はモンネイをうながした。

牛車が遠ざかり、懐中電灯の光が完全に消えると、足元も定かでない闇が残った。

コオンテンの顔を月明かりに透かし見るうちにひとつ察し得た。ドホンニョの話を信じるならコオンテンは最初のお告げで救われた住民である。

「ドホンニョか部落長に何か言われたのか？」

「お告げのことですか？」

「はっきり言えばそうだ」

フラウル部落の全住民が精霊のお告げを疑わずにいるだろう。空襲を遠望しながらまた西隈が回ってくると予測し、部落長はあらかじめドホンニョを訪ねもしただろう。

「お告げはないそうです」とコオンテンは強ばった声で答えた。

「すると労務には出てくれるのか」

「部落長は若いのをすでに四名集めて待っています。わたしもそのひとりです」

「それはありがたい話だ」

ビルマ人の夜目利きを考えれば迂闊に表情を動かせなかった。月光に輪郭を浮かび上がらせる木々へと西隈は一度視線を逃がした。

「それで、どうしてお前はここで待っていたのだ」

「西隈マスターとお話をしておきたかったからです」

会ったことは部落に伏せておいてほしいと含んでいた。

「西隈マスター、わたしは精霊というものを見たことがありません。ですがないがしろにするつもりはありません。そんなことを言われても日本の兵隊さんは困るでしょうけれど」

何が言いたいのかはさておき、常識や習慣の異なる相手に言葉を選んでいるのは確かだった。西隈の聴取力をいくらか案じてもいるのか目には理解度を探るような動きがあった。

「日本の兵隊さんは目に見える事実を重んじるそうですね。でしたらわたしが何を言っても無駄だとは思いますが」

「なあコオンテン、俺は神というものを信じてはいないのだ。本当に神が存在するなら戦（いくさ）など生じまいと思うからだ。だがな、そんな俺でも神をないがしろにするつもりはないのだ。日本を出る前には神の社（やしろ）でお守りを買ったし、それは今も大切に持っている。戦を仕事とする兵隊がそんなことを言ってもビルマ人には信じてもらえないだろうがな」

コオンテンもまた嘘を苦手とする仏教徒である。他人を傷つけることを嫌う敬虔（けいけん）な仏教徒である。勇気を振り絞るような面持ちで言った。

「どうかドホンニョを悪く思わないでください。ドホンニョは決して嘘をつきません。

西隈マスターがドホンニョを悪く思えばわたしはきっと悲しくなります。いえ、部落のみんなが悲しみます」

お告げをめぐってフラウル部落に波が立っているのだろうか。部外者のうかがい知れぬ小さな波には違いなくとも土地に根づいた百姓にしてみれば切実だろう。異国の将兵との関係がことを複雑化させもする。

お告げを告白した部落長とドホンニョを思い、西隈は軍務における優先事項を肝に銘じ直した。つまりは民心安定である。

「俺がドホンニョを悪く思うようなことは生涯にわたってない」

「本当ですか」

「日本の軍人は一度口にしたことを忘れるような恥知らずではないぞ」

部落で何があったのか問い質したところで悪影響しかなかろう。コオンテンは部落の平穏を求めているにすぎず、日本軍との不和を避けたがっているにすぎない。それがために出張所の窓口たる西隈にすがる他ないのだった。

「コオンテン、お前はいくつだ」

「十八です」

「十八といえばもう立派な大人だ。そんな情けない顔をしていい年齢ではない。うちの所長殿が一度巡回したことがあるだろう。覚えているか」

「覚えています。お若いのに凛々しいマスターでした」

「そうだ。兵や下士官とは比較にならぬほど多忙だし、何十人もの部下を束ねるのは並大抵のことではなかろうが、所長殿はそんな苦労はおくびにも出さない。お前とはいくつか違うだけだぞ。大人の男というものはああでなくてはならない」

部落へうながすとコオンテンは素直にしたがった。ロンジーを揺らしての歩みは存外にしっかりしており気を持ち直したのが見て取れた。

民心という不確かなものを扱う軍務には薄氷を踏むような緊張感が常にあった。民心に作用する要素は個人の掌握力を遥かに超えているのである。山の牛車道を進む自分の一歩一歩を西隈は妙に重く感じた。

・

先日の陣中新聞にはフーコン谷地への米式支那軍の侵入が記されていたという。それでなくとも兵站線復旧の遅れは許されない。二個班を率いて出ていった所長は東の空が明るみ始めても戻らず、街道の被害は想像以上と思われた。

募労そのものは合計十四名を取り付けることができた。成果としては充分に満足できる数である。集合に遅れる者もなかった。軍隊の慣わしにビルマ人も適応しつつあり、近頃では夜明け直後におおむねそろうようになっていた。

意識はおのずとコオンテンに向いた。特におとなしいフラウル部落の四名の中、彼はどういう顔でいればいいのか分からないといった様子だった。周囲を憚(はばか)り、「本当にお告げはないのか」と問うと、表情が不器用に取りつくろわれた。明るい空の下では実に分かりやすい青年である。わたしは嘘をついてますとの顔で答えた。

「西隈マスター、お告げがあったら四名も出てはこられません」

精霊は存在するのか。

お告げは事実なのか。

いずれも実のところ問題ではない。ビルマ人の多くが精霊を信じていることこそが西隈にとっては重要なのである。お告げは山の人々の心を代弁しているとみなす必要があった。

労務が厭(いと)われるのは空襲のためばかりではない。じわじわと進行するインフレが日当の価値を下げてもいる。なお困ったことに、街道修復の主力である工兵がビルマ人労務者を嫌っている。怠惰(たいだ)であるというのが理由だった。

求めに応じたあげく嫌われてはビルマ人もたまったものではない。言うまでもなく、その感情は兵站勤務者も共有するところだった。

西隈がその日、工兵と殴り合いを演じることになったのはいわば必然だろう。この地における戦の無理がにじむ、それは極めて醜いケンカだった。

・

街道には見たこともない巨大な弾痕が待っていた。十メートル近くになりそうな直径と数メートルに達する深さを見て誰もが唖然とさせられた。現場で指揮を執っている将校はモッコを二名にひとつあてがった。

いざ埋め戻しが始まれば西隈も労務者のひとりでしかなかった。飯上げ調整と水の補給手配を済ませたあとは十四名とともに汗を流した。人海戦術である。夜間に北上してきたトラックが街道沿いの林に隠され、その同乗兵とおぼしき者たちもモッコを担いでいた。

水の出がちな低地の土は重い。不慣れな道具での作業にビルマ人労務者の息はすぐに上がった。農作業すら最低限の労力で済ませる人々には士気など望めず、怠惰な印象はどうしても拭えなかった。

荒くれ者の多い工兵にしてみれば確かに腹立たしかろう。他隊の労務者には無理強いもできず、時間とともに怒りを溜めもしただろう。竹飯を受領しての中休みで彼らの多くは舌打ちをこらえるような顔を向けてきた。

おかげで労務者たちはすっかり萎縮していた。竹飯にも手をつけぬままひとりが怯えた顔で訴えた。

「西隈マスター、向こうの兵隊さんがロンジーは駄目だと言いました」

股が開かず、足に絡むロンジーは、土木作業に向いていない。皮膚露出を抑えるのは負傷による感染症を予防するための鉄則で、兵隊がそうである以上はロンジーの尻からげを強要するわけにもいかなかった。だからといって工兵が今さらそんなことを嘆くはずもない。彼らの言うロンジーとはビルマ人の代名詞である。

「どの兵隊だ」

「あの兵隊さんです」

上半身裸になった工兵が木陰のひとつを選んで座り込んでいた。どこの隊も十名前後で一個班を編成しており、くだんの工兵は仲間と一服つけているところだった。

不和を煽る言動は兵站勤務者の苦労を意図的に踏みにじっている。目が合うなり嘲笑を寄越され、西隈は真っ直ぐに歩み寄った。

「ロンジーは駄目だと言ったのはお前か」

階級も分からなかったが兵卒には違いなかった。大儀そうに西隈を見上げると「なんですか」と問い返してきた。

「聞こえぬはずはなかろう。問われたことに答えろ」

班長だろう軍曹が上衣を羽織った。タバコをその場に投げ捨てると軍曹はやおら腰を上げた。

「俺の兵が何かしたか」

「おたくが班長だな」

「見りゃ分かるだろ」

工兵らしくいかにも気が短そうだった。遠回しに訴えるつもりも言葉を選ぶつもりもなく西隈は告げた。

「ではおたくが責任を持って指導しろ。二度と労務者をあざけるなと」

「あんたの所属は」

「兵站地区隊ムントウ支部、兵站警備チボー出張所だ」

西隈の肩越しに労務者たちを見やると軍曹は「山裾でのんびりしてる隊か」と鼻で笑った。

「ピクニックがてらビルマ人を集めるのがそんなに大変か。睡眠を削られたくらいでいきり立つほど娑婆(しゃば)っ気が強いのか」

「工兵さん、勘違いするな。おたくらが修復作業に当たるのは義務だがビルマ人にそんなものはないのだ」

「何を甘いことぬかしてやがる。そんなことだから兵站地区隊は使えないと言われるんだ。毎度毎度のろまな労務者ばかり集めやがって」

「そうか。おたくらは兵站地区隊そのものを馬鹿にしているのか」

「今ごろ気づいたのか」

拳があっさり頬を打ったのは先方がまったく予期していなかったからである。工兵相手に殴りかかる者などいるはずもなかった。

殴り合いはたちまち摑み合いになった。工兵の力は強く、西隈は組み伏された。やめんか貴様らと怒鳴る将校の声が聞こえ、いくつかの腕が伸びてきた。下士官同士のケンカなど無様なだけである。少尉の階級章をつけた工兵将校が西隈を力ずくで立たせた。

「貴官の名は」

非軍人の目があるからには曖昧（あいまい）にできるわけがなかった。西隈が官姓名を告げると少尉は野次馬たちに一度視線を流した。

「引率の下士官がそのていたらくでは話にならんな。労務者にも示しがつかん」

「労務者に対する工兵の無理解こそが問題であろうと自分は愚考いたします」

「あらゆる部隊が兵力を抽出しているのだ。統制がなによりも優先される。兵ならまだしも他隊にケンカをふっかける下士官は問題だ」

反感は収まらなかった。「指揮官の名を言え」と迫られて、これは面倒なことになったとの思いがようやく込み上げた。返答に詰まった西隈を工兵少尉は見逃さなかった。

「今さら隠しても仕方があるまい。貴官自身の後ろめたさを強調するだけだ。さあ指揮官の名を答えよ」

「わたしだ」

野次馬がかきわけられたと思う間にそんな声がした。まず間違いなく所長は一日で成り行きを理解していた。疲れに充血した目を工兵少尉へ向けるとひどく冷静な声で名乗った。

「で、どうした。わたしの部下が何かしたのか」

同じ少尉といえども初対面の相手に対しては礼を欠いていた。所長についてきた二個班も対立の様子を見て取って工兵をにらみつけた。

「そうか。わたしの部下が貴隊の下士官に手を出したか。西隈軍曹、事実か?」

「申し訳ありません。事実であります」

「手を出した理由を述べよ」

正直に答えるのはためらわれた。どう説明しようと自己弁護にしかならぬように思えて「多少いらついておりました」と答えるにとどめた。

少尉同士は互いに不快感をのぞかせたまましいくつか言葉を交わした。冷静になるべきであるとの意思を確認するためのやりとりだった。工兵少尉の了解を得て所長は先方の軍曹に問うた。

「ひとつ聞かせよ。貴官はなぜ殴られたと思う」

「兵站地区隊とビルマ人労務者を自分がこきおろしたからであります」

心底疎ましげな口調だった。発端の部下を目で制し、自身が口にした罵りの言葉をその場で繰り返し、好きに裁いてくれというように上官を見た。

工兵少尉は目をそらした。当人が日頃から兵站地区隊とビルマ人労務者をあざけっているからでしかなかった。

居心地の悪い空気が漂い、野次馬の輪が崩れ始めた。

おりよくムントウの方向からサイレンの音が上がった。街道には充分な退避壕が掘れておらず、多くは林に分け入るしかなかった。ふたりの少尉はむしろ救われた気配で退避を命じた。

軍務と労務の違いが招くいさかいはどの地においても見られることだろう。根本的な解決など望みようがない。ならば無用な接触を持つべきでないのである。工兵たちと距離を取り、適当と思える林に落ち着いたあとは、中休みの続きを兼ねて敵機が去るのを待つことになった。

じきに聞こえてきた爆音に、昨夜から働きづめの二個班は「また渡場だな」とうんざりした。被災者救援と復旧作業で渡場に詰めていた彼らは、弾痕をひとつ埋め終えてこちらへ回されたところであったという。

「西隈軍曹、なにはともあれご苦労だった」

いざこざなどなかったかのように所長は大木に背を預けた。なんの話かと思えば十四名の労務者を集めたことに対してだった。

「七名しか集まるまいとわたしは思っていた」

「数字の内訳をうかがってもよろしいですか」

「フラウル部落がゼロ。あとは一名ずつだ」

多くの部落からは確かに一名しか出ていない。「倍とはまったく驚いた」という声には素直な喜びが滲(にじ)んでいた。その底にあるのは落諜の疑念が薄まった安堵だろうか。西隈に通訳を頼んだ上で所長は労務者たちに言った。

「この乾期を乗り切るまでの辛抱だ。遠からず我が軍はインドへ向かう。これからも協力を頼む」

敵機の爆音が金属音を高めて間もなく、大気を微震させる炸裂音が轟(とどろ)いた。狙われているのはやはり渡場だった。日中は門橋による渡河(とか)が行われ、夜間は浮橋がかけられる。敵機は一帯に対して集中的な投弾を行っていた。

梢(こずえ)に遮られた空へ労務者たちはしきりと視線を走らせていた。フラウル部落の四名はとりわけ爆音の接近を恐れているように見えた。おそらくは、これまでの分を取り戻そうとみずから手を挙げてくれた四名である。

もし。

またひとつあがった炸裂音に耳をかたむけて西隈はコオンテンを見つめた。梢を仰ぐコオンテンの横顔はいくらか青ざめていた。

もしこの空襲がなかったら所長は疑念を深めていただろう。逆にフラウル部落からの参加者がゼロで、かつ空襲があったなら、やはり疑念を深めていただろう。その結果として憲兵隊が動くことになれば百姓部落にとっても出張所にとっても事態は深刻だった。修復不可能なひびが入るのは避けられない。

それは極めて重要な事実を示している。すなわち、たとえすべてが落諜の糸引きであったとしても打てる手などないのである。手を打てば、それこそ落諜の思う壺なのである。ただでさえ戦地における軍務は敵の内在を前提とせねばならない。その上で住民との和を維持し、かつ協力を得るには、ある程度の割り切りが不可欠である。疑いつつ信じるとはそういうことだった。

判断を曖昧にしてくれる精霊には感謝の必要があるのだろう。ドホンニョやフラウル部落の計らいであればなおさらだった。

「来るぞ」

大きくなった爆音に兵隊たちがざわめいた。「伏せ」と鋭い声が飛び、街道の真上と思える空を轟音がよぎった。

木々を抜けて差し込んだ爆光は目がくらむほどにまぶしかった。衝撃波と爆風が直後に渡り、抱き込んだ地面が激震した。

予想された旋回はなく敵機は南へ遠ざかった。

爆煙が薄まるのを待って兵隊たちは身を起こした。労務者の前では怯えを見せるわけにはいかず、爆煙を幸いに申し合わせたかのようにタバコが取り出された。そうして始まった毒にも薬にもならない雑談が一区切りついたところで人員掌握と被害確認の指示が飛んだ。

街道へ出てみれば新しい弾痕が燻（くすぶ）っていた。労務者十四名の無事を確かめたあと西隈はコオンテンを林の際まで引っ張った。

「ひとつ聞かせろ。今日の労務参加はお前たち自身の判断か。それとも部落長の判断か。あるいは部落全体で話し合って決めたことなのか」

計らいなどではない。四名はお告げを振り切って出てきたのだとコオンテンの顔には書いてあった。

ドホンニョは生きた心地がせずにいる。

昨夜から仏壇や精霊に祈り続けている。

想像するだにそれは残酷なことだった。強（し）いているのは他でもない西隈自身である。

「お告げはあったんだろ？」と改めて問うとコオンテンは目を伏せた。

「西隈マスター、お世話になった人々に報いる心は我々にもあるのです。大人というものには社会貢献の義務があることも分かっているのです。男には老幼婦女子を守る義務があることも分かっているのです」

地縁を血縁とみなす風潮が村社会には少なからずあるだろうし、その感覚は日本とさほど変わるまい。

コオンテンにとってフラウル部落の住民は間違いなく家族である。ひたすら心配しているだろうドホンニョや住民を思ってか、詫びるような目が山へ向けられた。

「ドホンニョは言っていました。立場上、信じるわけにはいかない話を西隈マスターは真剣に聞いてくれたと。疑問を呈しはしても否定はしなかったと。できれば信じたいとの思いがひしひしと感じられたと。何も案ずる必要はないと部落長に明言もしてくれたと。わたしはドホンニョを悲しませたくはありません」

むしろ日本軍の怒りを恐れての労務参加であったならどんなに気が楽だろうかと思った。

巡回を繰り返す将兵にも住民たちは地縁を見ている。勤務の必要からビルマ語を身に付け、嘘をつけない仏教徒と接してきた自分を顧みれば、西隈の覚える罪悪感はおのずと深まった。

「日本の軍人はな、よく報国という言葉を使うのだ。だが実際はお前らと違わない。世話になった人々のためにこそ兵隊は戦っている。だから内地へときどき手紙を書くことも義務だと俺は思っている。もちろん安心してもらうためだ。生還にいたっては最大の義務だ。俺にもばあさんがいる。ばあさんはたぶん俺の無事を祈って毎日神の社に願掛けしている。コオンテン、分かるか？」

　工兵が作業再開に動き始め、街道上には統制が戻りつつあった。対空監視網を信頼した上での修復は常に寸暇（すんか）が惜しまれていた。

　いずこかへと向かう一隊に所長が歩み寄るのが見えた。先刻の工兵少尉が直接率いる隊だった。

　下級将校は気苦労から縁が切れない。軍務に支障をきたしかねない感情は機を逃さずに排除しておこうと双方が努めていた。何度かうなずきあうとふたりはその場で敬礼を交わして別れた。

「よく分かります」

「よし。ならばお前は山までひとっ走りして無事を伝えてこい。伝令だ。逓伝（ていでん）を併用すればさほど時間もかかるまい」

　誰もがそれぞれの義務において力を尽くしていた。コオンテンは即座に駆けていった。現実に空襲がある以上は修復作業を続けねばならない。必要な施設の構築作業も続けねばならない。仮に所長や支部長がお告げを事実と認めても作業をとりやめるわけにはいかない。だからこそ精霊の件は渡辺曹長でとどめておかねばならない。

お告げは無視され続けることになる。伝令要員の確保はもとより、八つの部落から代表者を選んで労務状況を視察させる必要も今後はあるだろう。さしあたってそれらを所長に了承してもらわねばならないと頭に刻み込んで西隈は作業に戻った。

あの工兵軍曹はすでに心を切り替えていた。部下の士気を萎(な)えさせまいといかにも懸命である。関わるだけ時間の無駄とみなしてか西隈とは目も合わせようとしなかった。

醜いケンカにもいくらか値打ちがあったらしく、ビルマ人労務者をあざける者は二度と現れなかった。

敵を敬えば

よもやモンネイが蔣介石を尊敬していようとは想像だにしていなかった。

渡辺曹長から指示を受け、モンネイ当人の不在を見越し、西隈はその日チボー部落を訪ねた。仕事がない日の午前中、モンネイはたいていパゴダ参りに向かう。友達と行くこともあれば暇な婦人と連れ立つこともある。まったく良くできた仏教徒である。

「ビルマ人の信心深さには我々も頭が下がるばかりだ」

出された鶏肉と米を食べながら西隈は率直な思いを述べた。ビルマ人は何かあればパゴダに参り、何がなくともパゴダに参り、ときには有名なパゴダに遠征する。神社参りの習慣を持つ日本人から見てもその頻度は呆れを覚えるほど高かった。

「日頃のパゴダ参りではいったい何を祈ってるんだ」

「より良い輪廻です。お坊さんではありませんから、わたしどもはまたこの世に生まれ落ちて苦労する宿命です」

モンネイの父親はビルマ人特有の瘦身である。あぐらをかく姿は、ややもするとみすぼらしかった。

「この世に再び生まれ落ちて、また次の輪廻のために祈るか。切りがないな」

「切りがないから功徳（くどく）を欠かしてはならないのです」

「兵隊の手助けも功徳か」

「功徳です。なので礼は不要ですよ。そもそも日当を得ているのですから」

両親もむろん日々の功徳を心がける仏教徒である。先日モンネイを夜間に引っ張り回した礼と詫（わ）びをふたりは決して歓迎しなかった。改まってそうした言葉を口にされると功徳が無効になるような気がするという。顔見知りが足を運んできただけとみなしてふたりは西隈をもてなしていた。

それにしても、まさか功徳のために日本語を覚えたわけではなかろう。日本語を使えるモンネイに出張所が助けられている旨を告げると両親はにこやかにうなずいた。かつての駐屯部隊にべったりとくっついて勉強した息子を父親は語り始めた。

「偉い人と仲良くなったとモンネイは大変喜んでいました。中津嶋（なかつしま）少尉という方です。西隈マスターはご存じですか？」

残念ながら会ったことはない。引き継ぎで顔を合わせたのは所長と渡辺曹長だけである。

前任部隊は歩兵だった。西隈たちがやってきたときには残務処理の少数を残してすでに移駐していた。風聞どおりならばビルマ最北に配置されているはずである。

「中津嶋少尉がモンネイをひどく可愛がってくれて本当にありがたいことでした。いつしか駐屯地への出入りも自由になっていました」

結果としてモンネイは堅苦しい将校言葉を身に付けた。

適当でない日本語を覚えさせたとはいえ前任部隊の仕事に抜かりはなかった。チボー部落の各戸に防空壕を掘らせ、耕地にも退避所を設置させ、いざという場合に慌てることのないよう指導もしていた。防空訓練も一度行ったというから念が入っている。おかげで西隈たちは難なく担当範囲を掌握できた。前任部隊に見劣りしてはならぬとの意識もおのずと働き、兵隊の勤務態度には不可がない。気負いのあまり所長の細心に拍車のかかったことが唯一の弊害だろう。

かねがね前任部隊と比較していたらしく父親は予想だにせぬことを問うてきた。

「所長さんはモンネイを迷惑がっていませんか。疎ましくもあるのではないかと実は少し案じていたところなのです」

なあ、という目を向けられた母親がこっくりとうなずいた。いい機会だからはっきりさせてくれといった表情を受けて、父親は真剣な顔で重ねた。

「所長さんはモンネイとはあまり会わないそうですね。避けているということでしょうか」

「待て待て。早合点するな。軍隊はそもそも気安い集団ではないのだぞ。指揮官は特にそうだ」

ジビュー山系に落下傘の事例がある以上は敵手に対する警戒は確かに必要である。しかし所長はビルマ人を避けているわけではない。ましてや協力的なモンネイを避けるわけがない。部下を使ってこそ指揮官なのだと西隈は強調した。

「本来、住民と顔を合わせる機会など滅多にないのだ。どこの隊でもそうだ。指揮官がいちいち対応していたら軍務どころではない」

「ですが中津嶋少尉はいつでもモンネイを歓迎してくれました。中津嶋少尉の家で昼寝することもよくありました」

中津嶋少尉の家とは所長室だろうか。当時で言えば隊長室だろうが、なんにしても垣根のない付き合いでいたということである。

「きっと中津嶋という少尉殿は気さくだったのだ。特異な例だ。相当な子供好きに違いない」

「所長さんは子供がお嫌いですか」

「早合点するなと言ったろう。ビルマの子供を嫌う将兵などひとりもいないぞ。ただうちの所長殿は忙しいのだ」

まったく思いがけないことだった。両親が食い下がるくらいだからモンネイはもう何度もそうしたことを口にしているのだろう。

勘ぐりを払拭するのはむずかしいような気がした。出張所における細々とした軍務を語ったところで納得も得られまい。少しばかり胸の痛むことではあったが、ここは所長に泥を被ってもらうしかなかった。

「実はな、うちの所長殿は軍務にまだ慣れていない。要領を掴み切れていないのだ。勤務日誌に目を通すにもやたらと時間がかかる。だから自室からもほとんど出てこない」

住民の心の一端をのぞく形になったのはひとつの収穫ではあった。父親はちゃぶ台に目を落として「そうですか」と答えた。不信を買っているわけではないにしろ、信用を得ているわけでは決してない。この地に腰を据えて一か月の自分たちを顧みて西隈は今一度気を引き締め直す必要を感じた。

・

ともあれ前任の中津嶋なる少尉がひどく慕われていたことに疑問の余地はない。山の巡回へも定期的に出たのだろう。その姿が日本の将校の標準として認識されているならば出張所としては無視するわけにはいかなかった。

中津嶋少尉のことは機を見てモンネイから詳しく聞かねばなるまい。そう思いつつ出張所へ戻ると、好都合にも東屋のそばに見慣れた牛車が停まっていた。

日本のあれこれを日々吸収する子供である。簡素なテーブルに載せられた帳面に向かってモンネイは鉛筆を握っていた。

「オッ、西隈軍曹ドノ、貴様どこへ行っておったノダ」

「お前の家だ。父ちゃん母ちゃんとおしゃべりしていた」

「ナニ？　俺の父ちゃん母ちゃんとおしゃべりダト？　なんとも呑気なことダナ」

鉛筆と帳面は渡辺曹長が与えたもののようだった。長椅子をひとつ陣取って渡辺曹長は足を組んでいた。

「モンネイよ。こう見えても西隈軍曹は呑気ではないのだぞ。命令でお前の家へ行ったのだ」

「ナニ？　命令ダト？　なんとも呑気な命令もあったものダナ」

「これからもモンネイと牛車を使わせてもらうからよろしく頼むと伝えに行ったのだ」

「そうカ。それは大変結構なことダ。西隈軍曹ドノ、ゴ苦労でアッタ」

渡辺曹長が下級者をかばうのは珍しい。少なくとも、そうしたことを表だってする人ではなかった。おそらく暇ではないのである。「ちょっとモンネイの勉強を見てやってくれ」と言い置くと出張所本部へ消えた。

モンネイはカタカナの練習をしているところだった。ススメ、ススメ、ヘイタイ、ススメと繰り返し書かれていた。手本は渡辺曹長の達筆である。

「日本の文字ハ実に角張っているナ。オイ西隈軍曹ドノ、ちょっと貴様の名前ヲここに書いてミヨ」

ニシクマと書いてみせると「よーし分カッタ」と鉛筆が握り直された。

「先だってはご苦労だったな。夜に牛車を御してはさぞ疲れたろう」

「アレごときの仕事、大したことではないノダ」

大したことであったはずである。五つ目の部落に入る頃モンネイは船を漕ぎ始めていた。他の子供なら懲り懲りしても不思議はない。日本軍への協力も功徳だと両親は言っていたが、本人は責任感すら覚えているのではなかろうか。

「ところでモンネイ、お前の日本語の先生は中津嶋という少尉さんだそうだな」

「オッ、貴様よく知っているではナイカ」

「中津嶋少尉殿はどんな将校さんだ」

ニシクマと十回ほど書いたところでモンネイは鉛筆を止めた。下手の自覚はあるのか手本と比べて不満げな様子を見せた。

「中津嶋少尉ドノハ、大変熱心ナお人ダ」

「熱心か。何にどんな風に熱心なのだ」

「ビルマ語ヲ覚えるのに熱心デ、ビルマ人の生活ヲ学ぶのに熱心デ、パゴダ参りに熱心ナお人ダ。俺の牛車にもよく乗ってクレタ」

中津嶋少尉はモンネイをビルマ語の先生と位置づけていたのだろう。時間をともにしていれば否応なく生活習慣等も身に付く。日々を研鑽と心がけるそうした将校はビルマにおいても別段珍しくはなかった。

しかしパゴダ参りにまで熱心な例となれば稀だろう。

チボー部落から街道へ向かって十分ほどのところにひとつパゴダがある。片田舎にお似合いの、ささやかな寺院が隣接するものである。担当区域の百姓たちが参るのはおおむねそこだった。

ビルマ人の信心を愚弄する将兵はいないものの、自立心を削いでいるとの声は少なからずある。祈ることに熱心なあまり他力に恃みがちであるとの見解だった。その正誤はともかく、豊かな国土と資源を有していながらビルマは確かに貧しい。イギリスの支配を受けたがゆえだとしても支配を受ける弱体であった事実は揺るがない。ビルマ人の生活を積極的に学び、習慣にも付き合っていた中津嶋少尉は、つまり目の高さを合わせる努力を続けていたのだと言える。モンネイいわく「パゴダではビルマの発展と平和ヲ祈ってクレタ」らしい。

「ずいぶんと変わったお人なのだな」

「ナニ？　中津嶋少尉ドノが変わっているダト？　それはどういう意味ダ。申してミヨ」

「軍人というものはとにかく現実に対処せねばならんのだ。ビルマが平和になるにはイングリが降参しなくてはならない。そのためには日本軍が強くあらねばならない。神仏を尊び神仏を頼らずと言ってな、日本人は他力に頼るような真似はしないのだ」

「そんなことハ、貴様ごときに言われるまでもないノダ」

帳面へ向き直り、モンネイはまた鉛筆を動かし始めた。

「中津嶋少尉ドノはよく言ッタ。ビルマが強くならねばならヌと。たくさん勉強して偉くなれと俺によく言ッタ。だから俺はたくさん勉強シテ偉くなるノダ。蔣介石のように偉くなるノダ」

二頭の瘤牛は西隈たちには目もくれず草をはみ続けていた。出張所は極めて静かである。兵の大半は警備任務に出ており、残っているのは勤務下番の仮眠者と衛兵勤務者ばかりだった。

空をいくつかの鳥影がよぎった。貧しいにもかかわらず食い物に困らないビルマでは残飯が毎日適当な場所に捨てられる。部落を囲む林には、それを目当てにした鳥が棲みついていた。

「……蔣介石のように偉くなるだと？」

「そうダ」

モンネイはきっぱりとうなずいた。目は帳面に向けられたままだった。「それはどういう意味だ」と問い重ねれば怪訝そうな顔が返ってきた。

「貴様、蒋介石ヲ知らんノカ」

蒋介石を知らぬ日本人などいない。戦がここまで長引いたのも西隈たちがビルマまでやってきたのも重慶政府に手こずったからである。

「蒋介石は偉い人ナノダ。四億もの多民族ヲまとめるべく努める偉い人ナノダ。四億もの多民族ヲまとめるべく努めるお人など、世界中ヲ探しても他にはおらんノダ。俺は蒋介石のようになってビルマ一千六百万の多民族ヲまとめるのだ」

何をどう誤解しているのかあくまで得意げだった。木々の合間に立つ兵舎を振り返り、西隈は人影のないことを確認した。たとえ子供であろうと聞く者が聞けば面倒になりかねなかった。

日英の開戦前、重慶軍はビルマに進駐した。蒋介石はラングーンにもおもむいている。ビルマの防衛方針を英印軍と協議したのである。そもそも支那とビルマは国境を接している。にわかにやってきた日本軍よりもなじみ深い存在だった。

「モンネイ、お前はそれを誰かに言ったか」

「それとはナンダ」

「蒋介石のようになりたいとか、そういうことだ」

言ってはおらんというぶっきらぼうな答えが返ってきた。

「ならばいい。これからも言わずにいろ」

「なぜ言ってはならんノダ」

「なぜでもだ」

叱責するつもりなどなかったが声は自然と険を帯びた。西隈の口調はいつしか下士官特有の有無を言わせぬものになっていた。

「いいかモンネイ、どういうつもりか知らんが世の中には言っていいことと悪いことがあるのだぞ。軍隊では特にそうだ」

「貴様、なぜ怒るノダ」

立派な日本語を使いこなしていようと、しょせんは十歳の子供だった。強(こわ)ばったモンネイの表情に西隈は慌てた。

「別に怒ってなどいない。蔣介石の名は人前で口にするなと言っているだけだ」

「怒っているではナイカ。貴様は怒っているノダ。俺には分かるゾ」

「人前で余計なことを言わなければいい。さあモンネイ、ここで約束しろ。蔣介石のことは二度と口にしないとパゴダの方向に誓え」

「嫌ダ」

帳面と鉛筆を引っ摑みモンネイは立ち上がった。怒りに目をつり上げ、「誰が貴様のような不心得者ト約束などするモノカ」と牛車へ駆けた。

「オイ、西隈軍曹ドノ。貴様は馬鹿者ダ。大馬鹿者ダ。大馬鹿者は豆腐のカドに頭をぶつけて死ねばいいノダ。馬に蹴られて死ねばいいノダ。イングリの弾に当たって死ねばいいノダ」

瘤牛の手綱が乱暴に取られ、牛車は風のごとく去った。そのままモンネイが逐電してしまうとは思いもよらず西隈はただ呆然と見送った。

・

「中津嶋少尉？」

倉庫巡回に向かいながら渡辺曹長はかすかに眉根を寄せた。

「渡辺さんは会ったことがありますよね」

「引き継ぎ時にな。といっても所長殿のそばでやりとりを聞いていただけだがな」

「どんなお方ですか」

「士官学校出と一目で知れる。慰問団を前にしても笑顔のひとつも見せそうにない雰囲気だ。どうしてそんなことを訊く」

「いえ参考までに」

はぐらかしが通用するような相手ではなかった。「何があった」と質(ただ)されて西隈はたちまち観念した。

　奇妙なことに渡辺曹長は蔣介石の名には一切反応しなかった。西隈を住民掛(がかり)とみなし、どうかするとモンネイ掛とみなしている節すらある。「何をやっとるんだお前は。子供ひとり満足に掌握できんのか」と睨(にら)み付けてきた。

　動揺のあったことは否定できないが、西隈としては当然の対応のつもりだった。蔣介石を親の仇(かたき)のように思っている将兵は多い。内地の親たちにしてみればまったく息子の仇である。今も雲南では龍兵団が対峙を続けている。どこまでも不愉快な存在である。

「だからといって頭ごなしに否定する奴があるか。モンネイは蔣介石のようになると言ったのだろう。ならば激励しておけばいいのだ。尊敬する人物や目標とする人物を否定する大人に誰が心など許すか」

「否定したわけではありません。蔣介石を悪く言ったわけでもありません。ただ人前で名を出すなと言っただけです」

「おおかたお前は親の仇を前にしたような顔をしてたんだろうよ」

　では放っておけば良かったのか。そんな言い返しが許されるはずもなく西隈はうなだれた。

「まあ済んだものはしょうがない。幸いモンネイはさっぱりとした子供だ。そのうち機嫌を直してくれるだろう。帰ったら補給掛に無理を言って落雁でも出してもらえ」

出張所から東へ向かう牛車道はしばらく乾田の間を走る。対空遮蔽に難があり、特に気を付けるよう住民にも指導している一帯だった。さらに進むと下りの山道が延び、街道が近づくとチークの植林が見えてくる。その中に野戦倉庫がひとつ置かれていた。

倉庫とはいうものの、土嚢の掩体がそれらしさを保っているだけで掩蓋はおろか屋根すらない。警備上番中の下士官の敬礼を受けて渡辺曹長はざっと掩体を一周した。

渡辺曹長が特に敬意を抱かれる理由のひとつが割り切りの早さにある。西隈に対する立腹はすでに微塵も感じられなかった。

「やはりどうしても水が出るな」

鉄道や街道の被害増加に応じて増設された倉庫だった。水脈があるのか、出入りの将兵が踏むたびに一帯の土は泥化していく。トラックの轍も深まっていく。このままではいずれ砕石を敷かねばならないという下士官の言葉が手帳に書き取られた。

「不用意に入り込んでくるビルマ人はあるか」

「ありません。立て看板を設置したのが良かったようです」

看板は逆効果が危惧されていた。日本軍が警備につく何かがあると示すも同然だからである。おかげで警備上番者は空襲への恐れを高めている。そこにきて砕石敷設となればまた労務者を募らねばならず、きっかけひとつで敵の目を引きかねなかった。

ねぎらいの言葉をかけたあと、牛車道をはさんだもうひとつの倉庫を回った。似たり寄ったりの状況を確認した渡辺曹長は街道へと足を向け直して地図を取り出した。

　空襲が激化するようであれば街道沿いに滞留する物資はいっそう増す。渡辺曹長の面持ちからは月例計画にない指示の出たことが見て取れた。

「増設の内示ですか？」

「空襲に探り撃ちまでが見られるようになれば現状維持を続けるわけにはいくまいよ」

　先日の空襲では他隊の担当する倉庫が被爆した。狙った上での投弾とは断定できないが、何かしらの手を打つ必要を誰もが覚えるところだった。より街道から離れた林への移転もあり得るだろう。地図から目を上げると渡辺曹長はひととき空を見た。

「とりあえず街道まで出る」

　チークの林を抜けた先で牛車道は分かれている。真っ直ぐ東進すれば街道、北へ折れれば小さなパゴダだった。

　戦下にあろうとビルマ人の信心に変化はなく、街道へ達するまでの間に参拝者と何度かすれちがった。チーク林に倉庫が置かれたのはパゴダの近くならば無闇な投弾もなかろうと計算されたからでもある。それでいて防諜（ほうちょう）をおろそかにできないのだから、これはひとつの矛盾だった。

「状況の悪化は目に見えているからな、輸送の滞りを抜本的に解決する手段はないかとお偉方は考えたらしい」

「なにか良策が?」

制空権のないことがそもそもの原因である。雨期の間でさえ、ミイトキーナ線が全通したのはわずかに数日だったと言われる。

街道には敵機の飛来を前提としたトラックが走り続ける。車体にはことごとく偽装が施され、操縦手は退避可能な場所を見定めつつハンドルを握っていた。

「とにかく渡場の前後だけでも円滑化をはかる必要がある。で、渡場変換と迂回路敷設の話が出たそうだ。あくまで内示だからな、他の者には黙っておけ。旧雅橋(みやびばし)の一帯に敵が目を付けているならいっそ囮(おとり)にしようとの構想らしい。なるほど、それはそれで悪くない考えだ。問題は敵機の目をごまかせるだけの迂回路を敷設できるかどうかだ」

森の中を縫う道を敷かねばならない。当然のことながらトラックの走行が可能であらねばならない。その切り拓(ひら)きは工兵の役目であり、やはり内示はされているだろうと渡辺曹長は言った。街道へ出ると旧雅橋方向へ進み始めた。

「俺たちには支流の南の調査が内示された。たぶん北は工兵だ」

決定すれば大仕事になる。労力捻出からして並大抵のことではない。迂回路の全長がどれくらいになるのか、にわかには見当もつかない。片岸だけでも最低数キロだろうか。むろん渡河(とか)に適した地点がなくては話にならない。しかし敷設できれば街道復旧の緊急度がいくらか緩和される。より効率の良い倉庫設置も可能になり、警備人員も節約できる。

うまくいってほしいと西隈は切実に思った。モンネイに向けた言葉も忘れ、気がつけば神とも仏ともつかぬ何かに祈っていた。

街道をしばらく進んだ道端には、たくましくコーヒー屋台を回す住民がいる。軍刀を吊した下士官のふたり連れは珍しいのか屋台のおやじは「一杯飲んでいけ」と声をかけてきた。

今度寄ると返し、埋め戻された弾痕(だんこん)をひとつ過ぎ、街道を外れる牛車道へとやがて入った。一応の目星をつけていたという道である。

「ここなら対空遮蔽もどうにか確保できるだろう」

むしろ留意すべきは水はけの具合だった。渡辺曹長は上下左右に視線を走らせ、百歩ごとにメモを録(と)った。地盤の強度と遮蔽度にそれぞれ甲乙丙(こうおつへい)がつけられていった。

「西隈、どう思う」

「悪くはありません。そもそも完璧を期すのは無理な相談です。トラックの重量が重量ですから多少のぬかるみはどこも避けられないでしょう」

あとは渡河に適した地点まで車道を延長できるか否かだった。牛車道をさらに三十分ほど進んで小さな部落に入り、渡辺曹長はさっそく部落長を訪ねた。

「ビルマ人もいろいろ大変だろうが、すべてはイングリが降参するまでのことだ。ときに部落長、ここから支流まで行ってみたいのだが道はあるか」

踏分道ならばあるとのことだった。山地の百姓と異なり、その反応はかんばしくなかった。むろん敵機の飛来頻度のせいである。山地へと避難する住民も増えているのか部落全体がどこかもの寂しい。じきに現れた道案内の青年も気が向かない様子だった。

「モンネイのような子供を見慣れていると、やはりつらいものがあるな」

徒歩で往復できる範囲でこうも民情に差があっては戸惑わされもする。渡辺曹長は道案内にタバコを手渡した。

踏分道は深い森へと繋がり、進むほどに木漏れ日が減った。

「で、モンネイの両親は何か言っていたか」

「前任部隊と我々を比較していることが終始感じられました。所長殿がモンネイを避けているのではないかと気にしているようです」

「中津嶋少尉の名もそうして出たわけか」

記憶を掘り起こすような間がしばらく取られた。

「まあ確かに子供が憧れそうなお方ではあった。きりっとした男前だよ。誠実を画に描いたような言動を一切崩さなかった。俺たちへの助言にも熱心だった」

夫婦ゲンカの仲裁を頼まれたことがある。あやとりを教えてくれとせがまれたこともある。そうした些細なことほどなおざりにしてはならないとの言葉が述べられたという。

ならば、中津嶋少尉は精霊の件も直接聞いているだろう。にもかかわらず後任部隊に伏せたのは妙な先入観を与えぬためだろうか。伝えたところで打てる手がないからには知らずにいるほうがいいと判断したからだろうか。いずれにせよ熟慮の結果には違いない。中津嶋少尉が迂闊な人物でないことは明らかだった。

中津嶋少尉の瑕疵をあえて挙げるとするなら慕われ過ぎたことくらいだろう。おのずと多忙を極めることになったその日々を聞けば、所長が住民との距離を取りたがるのは当然である。適当な下士官を住民掛として配置するのもまた当然である。

「すると、いずれ自分も夫婦ゲンカの仲裁に駆り出されるのでしょうか」

「駆り出されたときは誉れと思え。気安さに加えて相応の威厳がなくては私的な相談事は持ち込まれん。パゴダ参りにでも誘われたときは喜んで受けろよ」

渡辺曹長は下級者の性分を把握しきっている。その眼力は長い軍隊生活に裏打ちされたものである。

「神仏を尊び神仏を頼らず。宮本武蔵だったか。確かにいい言葉だが、それは日本で暮らす日本人の感覚だ。精霊も蒋介石も変わらん。老人も子供も分け隔てするな。住民の言葉はひとまずそのまま受け止め、理解には手間と暇をかけろ」

モンネイの両親を訪ねさせたのは飯をともにさせておく必要を感じたからだろうし、

倉庫巡回や迂回路調査に付き合わせたのは教導ないし説諭のためでもあろう。

その判断は正しい。西隈はモンネイの両親を訪ねたことで民情に対する認識を確かに修正した。


あくまで下見のひとつでしかなく、その日の迂回路調査は大雑把に終わった。支流まで繋がる踏分道は険しく、伐開作業だけでも工兵の一個中隊で三週間を要するというのが渡辺曹長の見立てだった。

先々の募労を見据えた宣撫(せんぶ)巡回の手はずなどを考えつつ出張所へ戻った。そして西隈はモンネイの逐電を知った。

教えてくれたのは前任部隊から居抜き雇用されている炊事婦だった。日本人好みの味を心得ている上にチボー部落との連絡も受け持ってくれるありがたい住民である。西隈を呼ばわりながら炊事婦は駆けてきた。

「モンネイがいなくなりました。どこにも姿がないそうですよ」

何があろうとビルマ人の前で狼狽(ろうばい)してはならなかった。にわかに込み上げる嫌な予感を抑えて西隈はタバコをくわえた。渡辺曹長はといえば、お前の仕事だとの一瞥(いちべつ)を寄越しただけだった。下見の結果を伝えに所長室へと向かった。

「遊びに行ったんじゃないのか」

「男の子はみんな水牛を水浴びに連れていってますよ。モンネイだけがいないと先ほど両親が捜しに来ました」

牛車を家に乗り捨て、帰宅も告げずに姿を消した。そんなことはこれまで一度もなかった。出張所で何かあったのかと両親は心配しているとの説明が続いた。

モンネイが発した罵声が思い出された。あれは西隈の顔など二度と見たくないという意味だったのだろうか。もう二度と日本軍には協力しないという意味だったのだろうか。とにもかくにも自分の失態であることは疑いようがなく、かすかに血の気が引くのを感じた。

空襲が増えて以降、みだりに出歩かぬよう住民には告げてある。敵機の見えぬ日であろうと気を抜く者はない。子供がひとりで部落を出ていくことがすでに尋常ではない。ろくに吸わぬまま西隈はタバコを捨てた。

「なに心配するな。すぐに捜す。そもそも行くところなどありはしない」

モンネイの両親に心配無用を伝えてきてくれるよう頼むと炊事婦は請け合った。

残念ながら住民掛に部下は配属されていない。必要なときはそのつど本部要員が割り当てられる。間の悪いことに、気軽に使える吉岡（よしおか）上等兵は兵站（へいたん）宿舎への使いに出されていた。

営門を出たり入ったり、まったくせわしない。「今日はお忙しそうですね」という衛兵上番者に無言の答礼をして西隈はチボー部落へ向かった。

暇に飽かして道端でおしゃべりする年寄りたちもモンネイが消えたことは知っていた。というより、部落をひとりで出ていくのを見ていたのが年寄りたちだった。

「むっつりしていたよ。あんなに愛想のないモンネイを見たのは初めてだ。どこへ行くんだと声をかけたら、ぷいと顔を背けてしまった」

まさか山へは向かうまい。となればパゴダ以外に思いつかない。パゴダにいなければ街道を捜してみるよりなかった。

牛車道を早足でたどった。耕地とチーク林を抜けるとパゴダへ通じる道にはまだビルマ人が散見された。小さなパゴダは日当たりの良い草地に建てられている。取り囲む木々に負けじとその尖塔（せんとう）は伸びていた。

参道の人々を横目に編上靴（へんじょうか）を脱いだ。

一周には三十秒とかからない。不釣り合いなほど煌（きら）びやかな仏像の前で参拝者は無心に祈っていた。一方でおしゃべりを楽しむ男女がおり、アンペラに腰をおろしてくつろぐ老人がいる。心のよりどころであるパゴダは出会いと憩いの場でもあった。

「ちょっとそこの兵隊さん、セレはいらんかね」

参道へ戻ると中年女がタバコを振った。パゴダにおいて最も人々を観察しているのが商売人に違いなかった。

「おばさん、ひとりでいる子供を見なかったか。十歳の男の子なんだが」

「知らないね。それよりセレを買いなさい。わたしのセレはおいしいよ。火の粉が落ちないよ。軍服が焦げないよ」

押しつけられるまま五本買い、念のためパゴダを囲む森を一周して見切りをつけた。困らせてやろうとの思惑がモンネイにあるなら簡単に見つかるような場所をうろつくはずもなかった。

街道へ出て、開(ひら)けた空に夕の兆しを見たとき、いくらか焦りを覚えた。南に行けば兵站宿舎の置かれたヘジの町である。北に行けば支部の置かれたムントウの町である。

モンネイになったつもりで考えてもどちらへ行くべきか判断がつかなかった。ビルマ人の身なりが事実上同じであるからには手当たりしだいに尋ねて回っても無駄だろう。

西隈のことをムントウ支部へねじ込む可能性に思い至ると同時に足が北へ向いた。駆け始めて五分ほど過ぎたところで、あのコーヒー屋台のおやじが声をかけてきた。

「マスター、あんた今日はよく通るね」

商売目的で人々を呼び止める者しかやはり頼れるものはなかった。歩み寄りながら西隈は息を整えた。

「おやじ、ひとりで歩いている男の子を見なかったか」

「ひとりで歩いている男の子なら見たよ」

子供たちは大抵群れている。少し見渡せば女児の集団が薪を背負っていた。街道をひとりで歩くとなれば使いへ出されるなりした年長者くらいである。

「十歳なんだがね」

「十歳か。うん、そうだな。それくらいの年頃だったな」

木陰の丸テーブルへ西隈をうながし、店主は勝手にコーヒーを煎れ始めた。

「おやじ、それは今日の話だよな。いつ見た」

「太陽があの辺りにある頃だったな」

ほぼ正中が指し示された。立腹したモンネイがわき目もふらずに歩いてきたなら一応は符合する時刻と思われた。渡辺曹長とともに出張所を出るまでの時間を西隈は思い返した。

「あんたが最初に通る前だよ。あんた曹長の階級章を付けた人と歩いてただろう。わしがコーヒーを飲んで行けと言ったら今度寄ると答えた」

「その子供はどんな様子だった」

「さあな。ずっと見ていたわけじゃないから。とにかく北に歩いていった」

さあ飲めとコーヒーが出された。

「すまんがコーヒーはいらん。邪魔したな」

「何を言ってるんだ。もう煎れたんだぞ。飲め。味わって飲め」

コーヒーを飲ませるためのでたらめだろうかとの不安が込み上げた。そこまで強欲なビルマ人はいないとしても商売をしている者はそれなりに悪ずれしていてもおかしくはなかった。よくよく見ればおやじはインド系である。印僑の血を引いているなら適当に話を合わせるくらいのことはしかねなかった。

「なんだマスター、わしを疑ってるのか。それはひどい。わしは兵隊さんからもひいきにしてもらってるのに」

「誤解するな。コーヒーはもらうよ」

一口すすって「うまい」と告げると、おやじは笑顔になった。マンダレーの問屋から直接仕入れている豆だからうまいのは当たり前だと自慢げに語った。

「急いで飲んでは駄目だ。じっくりと味わうんだ。喉を通したら、そっと鼻から息を出せ。どうだ、一口ごとにうまみが増すだろう。適度な酸味に、適度な苦み。案配が実にむずかしいのだ」

兵隊が往来する場所で商売しているからにはでたらめは言うまいと思い直した。兵隊さんからひいきにしてもらっているという言葉にも偽りはなかった。連れだって現れたどこかの兵隊たちにおやじは「やあ、こんにちは」と親しげに声をかけた。

夏衣袴にやたらと土埃をつけた兵隊たちだった。見るからに粗野な雰囲気である。コーヒーを四杯注文したひとりは隣のテーブルに陣取ると西隈の顔を不躾に見た。

「なんだ、このあいだの兵站野郎じゃないか」

先日殴り合った工兵軍曹だった。「山から出てきてのんびりコーヒーか」という言葉が続いた。ジビュー山系に続く山地を「山」とひとくくりにしているのは兵站勤務者も同じだったが、工兵が口にする場合はたぶんに侮辱を含んでいた。

「いいご身分だな。山の下士官はそんなに暇なのか」

「そうやって他人を不快にさせるのがあんたの趣味なのか。憤った相手が殴りかかってくれれば何かいいことでもあるのか」

「兵站のくせに相変わらず威勢がいいな」

「あんた、丸く収めた上官の努力をもう忘れたのか。なるほど、じっくり眺めてみればいかにも頭の悪そうな顔だ」

連れの兵隊たちはすでに敵意の目になっていた。早く立ち去ろうとコーヒーをせわしなくすするうちに西隈は口内を火傷した。

「そういう飲み方はおやじに失礼だ。ちゃんと味わって飲め。山の連中は礼儀も知らんのか」

「悠長にはしていられない」

「街道に何しにきた。調査か」

明らかに言葉が選ばれていた。殴り合いの件で多少は叱責されたのか「おたくには関係ない」と返す西隈を工兵軍曹はやんわりといなした。

「そういきり立つな。山の連中がそれなりに多忙なのは知っている。部落を回るのも一仕事だろうしな。民情はどんな具合だ。次はもっと募労に励んでくれんと俺たちも困る。下士官にコーヒータイムがあるってことは期待していいんだろうな」

「その募労に協力してくれる住民が部落を飛び出してしまってな。日本語の達者な住民だがまだ子供なのだ。ここのおやじが見たというから話を聞いていたところだ」

「ふうん」

出されたコーヒーにさっそく口がつけられた。発音のいい加減なビルマ語で工兵軍曹は「うまい」と言った。

おやじは満足げにうなずき「あんたの飲み方は大変いい」と誉めた。それに比べてと言いたげな目がすぐさま西隈へ向けられた。接する機会の多さはもとより、工兵の汚れた衣袴を前にすれば働きの度合いすら違って見えるだろう。工兵の仕事も多岐にわたり、ビルマ人の目に触れる機会は多かった。

「三文芝居に出てくる張り切り将校みたいな言葉遣いの男の子か?」

コーヒーをさらにすすり、再び「うまい」と言ったあと、工兵軍曹は出し抜けに質した。西隈の反応がよほどおかしかったのか一度噴き出した。

「支流を渡してくれと旧雅橋でわめいていた。門橋に乗せるのはいいとしても子供ひとりとは妙だからな、渡場長が足止めしていた。たいそうな日本語を使うからにはどこかの部隊で雇用されている子供には違いなかろうと言っていたが」

「その子は渡河したのか」

「さあな」

工兵軍曹は北へ顔を向けた。もったいつけているわけではなかった。退避場の再整備後に見かけただけであり後のことは知らないと言った。

旧雅橋までは四キロほどである。軍票をおやじに押しつけて西隈は街道へ飛び出した。

・

渡場の一帯はさすがに雰囲気が異なった。埋め戻された弾痕が目立ち、吹き飛んだ木々がそこかしこに転がり、作業に当たる工兵たちには殺気すら感じられた。門橋をひとつ送り出した渡場長の表情も相応に険しかった。

「日本語の達者な子供？」

「はい。十歳の男の子なのでありますが」

西隈は身の丈を示して面差しを語った。渡場長はなぜか「知らんな」と首をひねった。

「門橋に乗せてくれと頼んでいたはずなのでありますが」

「何時頃だ」

「それは、ちょっと分からないのでありますが」

時刻を確かめてこなかったのは間が抜けている。聞けば、渡場長は半時間ほど前に上番したばかりだった。

日中の渡場勤務には休息がない。荒れた路面と空襲に難儀しつつトラックは五月雨式に北上してくる。その一台一台を栈橋へ誘導した上で門橋に乗せるのは神経のすり減る仕事だった。無闇な伐採ができないとなれば、これ以上の効率化も図れない。河畔の木々の間には順番待ちのトラックが詰まり、果物を売るビルマ人がうろついていた。

「下番者はもう駐屯地に戻った。行ってみたらどうだ」

くだらないことにつき合っている暇はないとの様子で渡場長は次のトラックの誘導にかかった。渡場勤務者は徒歩五分ほどの部落のそばに駐屯しているという。

光量の落ちていく赤い空にいよいよ焦りが募った。切羽詰まって見えたのか、街道へ引き返そうとしたとき兵隊のひとりが歩み寄ってきた。

「軍曹殿、その子供はあれですか。陸士出の新品少尉じみた口調の子供でありますか」

「見たのか?」

「見てはいませんが、そういう子供を憲兵に引き渡したという話は下番者から聞きました」

家を問われてもモンネイは答えなかったのだろう。あるいは名前すら口にしなかったのかも知れない。面倒を避けたい工兵にしてみれば憲兵に押しつけて当然だった。人の集まる渡場にはムントウから憲兵が出張っている。空襲後の行方不明者や迷子の掌握もする彼らにとって子供の面倒見など日常的なことである。街道をわずかばかりに戻った林の掛小屋でモンネイは保護されていた。

・

哨所（しょうしょ）のような狭い掛小屋には憲兵下士官がひとり詰めていた。巡回の部下が戻ったらムントウに連絡させるつもりでいたという。「捜しに来てくれて手間が省けた」とタバコが取り出された。

「おたくの隊で雇用してるんだな」

「面倒をおかけして申し訳ありません」

丸椅子に腰掛けてモンネイは乾パンをかじっていた。西隈を見ても言葉はなく、他人のごとくそっぽを向いた。

「モンネイ。さあ、ちゃんとお詫びしろ」

「なんダト？　貴様は誰ダ。俺は貴様など知らんゾ」

「俺が許せないのは構わんが憲兵さんにはちゃんとお詫びをしろ。それが筋というものだ」

「ナニが筋ダ。どこの馬の骨とも知れヌ兵隊にそんなことヲ言われる筋合いはナイ」

「お詫びしろ」

頑迷を前にしても不思議と腹は立たなかった。乾パンをもらうとき礼を言っただろうかと妙なことが気にかかった。

「おっ、これはありがたい、飯も食わずに出てきたのだ、恩に着る、などと言った。自分のことは何もしゃべらんがそうしたところはしっかりしている」

憲兵は煙をくゆらせ、呆れ半分の顔でモンネイを眺めた。雇用部隊との間で悶着があったとだけ解釈し、その点では安心しているようだった。念のためか西隈に軍隊手帳を出させて必要事項を書き写した。

「なにが原因だ。ビルマの子供が逐電とは聞いたことがない。日当の額で揉めでもしたのか」

さすがに蔣介石の名を出す勇気はなく「まあそんなところです」と応じるにとどめた。とたんにモンネイが反発した。

「オイ西隈軍曹ドノ、貴様はどうしてそんな嘘ヲつくノダ。日当など俺は不満に思ったことはナイゾ。一ルピーと言えば結構な額ではないカ。オイ憲兵ドノ、貴様もビルマ人が日当欲しさに働いているト思ったら大間違いナノダ」

憲兵はからかい口調で訊いた。

「日当欲しさに働いているわけではないとすると、お前はなぜ仕事を請け負うのだ」

「それはダナ、憲兵ドノ、うんと勉強してうんと偉くなるためダ」

「日本軍の仕事を請け負うと偉くなれるのか。それはまたなぜだ」

「日本語が上達するからダ」

「お前の日本語は充分にうまいぞ」

「まだまだ未熟でアル」

真面目な顔で首を振るモンネイからは中津嶋少尉への思慕ばかりが感じられた。カタカナまでを学び始めたからには大成の意志は本物である。

日本語が上達すると偉くなれるという理屈の根拠は知れなかった。さりとて適当なことを吹き込んで学習意欲を刺激する姿は話に聞く中津嶋少尉にそぐわない。直後に発せられた言葉を聞いたとき西隈は思わず息を呑んだ。

「下手な日本語デハ、士官学校に入ってから苦労するノダ」

渡場へ向かう何台かのトラックが耳障りなエンジン音とともに通り過ぎた。巻き上げられた砂塵が緩慢に広がり、やがて掛小屋にまで押し寄せてきた。砂塵は肥えた土のにおいがした。それは米の一大生産国にふさわしい百姓のにおいである。

どこから見ても百姓の子供でしかないモンネイに目を戻し、力が抜けそうになる体を西隈は叱咤した。北へ向かった理由を察し得たからだった。

「お前は士官学校を目指しているのか。それは結構なことだ。日緬の友好にも資するだろう。士官学校は言うにおよばず、どこの学校でもビルマ人留学生は評判がいい」

「ナニ？　日本で評判がいいのカ？　それハ本当か憲兵ドノ」

「本当だとも。ビルマ人留学生は真面目に勉学に励む。品行方正。謹厳実直。日本人も見習わねばならぬとよく言われる」

言葉のどこまでを理解できたのかは不明ながらモンネイは「そうカ」と喜んだ。喜びにつけ込んで憲兵は畳みかけた。

「しかしな坊ず、それなら勉強ばかりでは駄目だぞ。ビルマ人留学生の評判がいいのは、まず日頃の行いがいいからだ。日頃の行いとは何か分かるか」

「分かラン。教えてクレ」

「他人に迷惑をかけない。両親を心配させない。この二点だ。立派な人間とはこの二点を常に忘れない者を言うのだ。分かったか。分かったら西隈軍曹と帰れ。何に腹が立と

う と何が気にくわなかろうと立派な人間はぐっと辛抱せねばならん」

夕闇が近づきつつあった。チボー部落では騒ぎが大きくなっているだろう。「よーし分カッタ」と真剣な顔でうなずくモンネイの横で西隈は改めて詫びた。

「さあモンネイ、お前も憲兵さんにお詫びしろ」

「憲兵ドノ、マコトにすまなカッタ」

「元気で働くんだぞ」

子供の扱いに慣れているのだとしても初対面の憲兵が見事に諭す様子を見せられては忸怩たるものが込み上げた。再度一礼して街道へ出たとき西隈はそっと溜息をついた。

「モンネイ、ああいうときはすまなかったでは駄目だ。すみませんでしたと言うのだ。さあ言ってみろ」

「すみませんデシタ」

「それでいい」

中津嶋少尉の言葉遣いばかりを吸収するモンネイを前任部隊はおもしろがっていたに違いない。しかし下士官兵が使いがちな方言を覚えてしまうよりはましである。

軍隊における日本語はとかくわずらわしい。標準語と軍隊語があり、公式と非公式での使い分けがあり、なおかつ尊敬語や謙譲語がある。それらをいちいち指摘していては子供が混乱する。そうした気遣いを受けるほどにモンネイは可愛がられていたのであって、すべては隊に対する中津嶋少尉の徹底を示している。ようするにモンネイの自由に任せたのである。

「どこへ行こうとしてたんだ」

通りかかった牛車を捕まえて乗せてもらった。それなりに疲れていたのか、荷台に腰を落ち着けるとモンネイは少し顎を出した。

「ムントウの北ダ」

「ムントウの北とはどこだ」

「ムントウの北ハ、ムントウの北ダ」

やはり前任部隊に抜かりはなかった。移駐を控え、それを察した住民たちに行き先を問われたところで誰ひとり白状しなかったろう。

心情的には嘘をつけず、またいつでも会えるとほのめかすならば、ムントウの北とだけ応じておくのが無難である。確かに前任部隊はムントウの北にいる。ただし子供の足では遥か彼方(かなた)といっても大げさではない友軍最北の地である。

頼れる将校は中津嶋少尉以外にない。その事実だけで部落を飛び出したモンネイを思うほどに返す言葉が出てこなかった。西隈の不心得を叩き直してもらうつもりでいたのは質すまでもない。それもこれも、出張所唯一の将校である所長と親しくなれずにいるからだった。

「蔣介石の偉大さを中津嶋少尉殿に説いてもらうつもりだったのか？」

発端はなんといっても蔣介石であって、その存在に対する感情の違いである。モンネイは憤りも露わに西隈をなじった。

「なんだって貴様は蔣介石に不快感を示すノダ。なぜ汚い物を語るような顔ヲするノダ。実にけしからン話ではナイカ。どういう了見なのダ。申してミヨ。どうナノダ。ン？なんとか言エ」

「日本軍がビルマにやってきた理由をお前が知らぬはずはあるまい」

「そんなことは関係ないノダ。貴様のような修身の足らぬ下士官ニハ、蔣介石の偉大さが分からんノダ」

モンネイをして強弁させるほど中津嶋少尉は蔣介石を尊敬しているということだろう。まったく器が大きいにもほどがある。誰をどう評価しようと勝手であるし、一個の人間としての蔣介石と友軍の事情はまた別でもあろうが、ビルマの子供に明言する必要はなかろうと嘆かれてならなかった。

確かに蔣介石は大人である。ひとつの党首としての手腕は今や世界に轟いている。日本軍や共産軍との長い戦にも音を上げない。首都を奪われても抗戦の意志を曲げなかった。国際世論や英米等から得られる支援を計算した上で持久戦に持ち込んだのである。

こうなると個々の戦闘やその勝敗は些事だった。日本に留学したがゆえに、蔣介石は日本という国の質と力を熟知している。兵站線の延びきった日本軍はおかげで時間とともに苦しくなっていく。この街道で石を投げれば蔣介石の名を聞くのも嫌だという将兵に当たるだろう。

「モンネイ、向こうの兵隊さんたちを見てみろ」

土木作業に汚れたどこかの隊が街道を引き揚げていた。疲れ切った体に大円匙(だいえんぴ)のみを担(にな)った隊列だった。

「あの兵隊さんたちがどうしたノダ」

「ビルマに来た兵隊さんの気持ちを少しだけ汲んでくれればいい。お前にこんなことは言いたくないし、お前が正直であるのは結構なことだが、もう少し気を遣ってくれると我々は助かるのだ。別にいいではないか。人前で蔣介石の名を出さなければ済む話だ」

「そんなケツの穴の小さなことでどうスル。いやしくも大日本帝国の軍人ともあろう者が小娘のごとく他人の目を気にしオッテ。恥ヲ知れ恥ヲ」

すみませんデシタ。

詫びの言葉をモンネイはあっさり受け入れた。非常に素直な子供である。しかるにこの強情はどうしたことか。中津嶋少尉が尊敬する人物は神にも等しいのだろうか。

西隈の思考を読みとったかのようにモンネイは不意に背筋を伸ばした。同時に顎をぐっと引き、とんでもないことをおもむろに述べた。

「西隈軍曹ドノ、貴様も天皇陛下ヲ尊敬しておるダロウ」

尊敬などという言葉すら不敬に当たりかねない。敬称のみをとってもおいそれと口には出せない存在である。ビルマ人の口から出てきたことにおののきながら西隈は背筋を伸ばした。

そのとき、ひとつの直感に打たれた。モンネイが一方的に慕っているわけではない。中津嶋少尉はおそらくモンネイの資質に惚れ込んだのである。そうでなければ、ここまで知識を授けるはずがなかった。

勇気と知性を併せ持つ子供である。続けられた言葉には反論の気力をうち砕く力があった。

「天皇陛下の呼称ヲ異民族に咎められたらドウダ。異民族になぜそんなことヲ言われねばならヌノカと貴様も思うダロウ。腹が立つダロウ。腹も立てずによーし分カッタと答える者があれば軽蔑ヲ覚えるダロウ」

牛車はあのコーヒー屋台の前を通過した。店は畳まれ、椅子と丸テーブルは林へ追いやられていた。日の暮れたビルマほど寂寥感を募らせるものはない。夜間の敵機を恐れるトラックは無灯火でのろのろと走っていた。

山への道が見えたところで牛車を止めてもらった。パゴダで買ったセレを押しつけると、御者は遠慮もせずに受け取って消えた。

パゴダへ延びる道に人は絶え、梢越しに見える尖塔が星空に白々としていた。人が日々パゴダに通い、功徳の心を失わずにいれば、なるほどビルマという国が住み良いのは当たり前である。苦労している人間を仏教徒は放っておけない。戡定作戦時、日本軍は行く先々で水や宿を提供された。日本本土の二倍近い面積を有するビルマをわずか四個師団で戡定できたのはそのたまものだった。

ビルマ人から受けた恩恵を考えれば蔣介石ごときで目くじらを立てるほうがおかしいのだろう。拭いようのない虚脱感とともに西隈は敗北を認めた。

「ちょっと待テ」

唐突に足を止め、モンネイは尖塔へ向けて合掌した。日頃の参拝には中津嶋少尉の健勝祈願もきっと含まれている。強情を張りはしても日本軍の苦労は理解している。だからこそ後任部隊にも協力する。蔣介石を敬えば日本留学を夢見るし、中津嶋少尉を敬えば士官学校を目指す。広い視野には世界が入っている。ビルマの平和のため、一千六百万の多民族をまとめるつもりでいる。

中津嶋少尉はたぶんモンネイを子供扱いしなかったのである。蔣介石を偉人と教えたのは敵を正しく認識している証拠であり、敵を知るべく普段から心がけている証拠である。

蔣介石を偉人と認める将兵は存外に多いのかも知れない。むしろ多くなくては困るのだろう。敵を知らぬ戦に勝ち目などあろうはずがない。とにもかくにも住民掛としてはそういう形で納得するよりない。住民を知らぬ人間に住民掛が務まるわけもなかった。今後は中津嶋少尉を見習ってパゴダに参拝すべきだろうと思った。強まるばかりの敗北感を噛みしめながら西隈はモンネイの隣で合掌した。

仏道に反して

ビルマは暮らしやすい。定着している高い道徳は理想郷のそれと言っても過言ではあるまい。しかしそれゆえ、日本ならばなんの苦労もないことに骨が折れる。シン部落におけるペスト対策は住民との対立までを招くことになった。

ネズミ獲りの設置予定日、部落を外れた山の斜面へおもむいて西隈はまず呆れた。どういうつもりか、シン部落の人々は焼畑の下準備を進めているのだった。ビルマ鉈の音がさかんに響く中、ことさら忙しない様子でいたのが他ならぬ部落長である。西隈が現れることはむろん予期していただろう。呼びかけると背中が一瞬こわばった。

「おや西隈マスター、こんにちは。飯は食いましたか」

「飯は今度ごちそうになる。ところで今日は何の日か覚えているか」

「見ての通り今日はこの山の伐採日です」

そんな話は聞いていない。「昨日決まったのです」などと部落長はぎこちない笑顔を作った。

「それはまたずいぶんと急なことだな」

「早めにやっておこうと思いました。イングリの飛行機も増えましたし、もしかしたら時間が取れなくなるかも知れません。それに日本の兵隊さんはよく言うでしょう。今日できることは今日やれと」

そばの青年たちがビルマ鉈を止めた。西隈と目を合わせたひとりは曖昧（あいまい）な会釈をはさんで作業に戻った。

斜面に取りつく人々はちょっとした遠足を楽しんでいるようにも見えた。若い娘たちにいたっては草を刈りながらおしゃべりをやめない。婦人の声はとりわけ大きい。子供もいれば壮年もいる。彼らは一心同体だった。

焼畑の下準備には時期が早い。倒した木々が適度に乾燥すれば良いのであり、年を越えてからでも遅くはない。ペスト対策を嫌うシン部落の人々は宿題から逃げる子供も同然だった。

「部落長、ちょっといいか」

住民から距離を取り、そのまま西隈は牛車道へ戻った。有無を言わせぬ口調を意識して「行くぞ」と告げると不安げな声が返ってきた。

「……部落へ、ですか？」

「通知したではないか。今日はネズミ獲りを設置する日だ。口論はしたくない。さあ部落長らしい顔を作れ。吉岡とモンネイも来ている。ビルマではどうか知らないが日本では部落の長は威厳を持っているぞ」

「我々は日本人とは違います」

「同じ人間だ。だから同じ病気にかかる。そうだろ」

部落長は返答に詰まった。どうにか動き始めた足はこれ以上ないほど重たげだった。

「罪もない動物を殺めるのは胸が痛みます」

「ビルマ人も家畜の肉を食べるじゃないか」

「それとこれとは話が別です。不必要な殺生は許されません」

似たようなやりとりは他の部落でもあり、説得にはそれなりの時間と材料を要した。

西隈は物入れから写真を一枚取り出した。

「これを見てくれ。少し惨いが我慢しろ。マンダレーの野戦防疫給水部から回されてきたものだ」

写っているのは絶命から間もないビルマ人である。股間や首は異物でも押し込まれたかのように腫れ、皮膚は濃淡をともなった黒色に覆われ、三秒と正視できない有様だった。

「発症者の八割が死ぬ。体力のない老人はまず確実に死ぬ。死までの時間も短い。しかも伝染する。いや伝染するからこそペストは恐ろしいのだ。発症者の出た家は焼くしかないし、マンダレーの近郊では村落ごと焼き払われた例もあるほどだ」

　伝染病を精霊の怒りと捉える傾向がビルマ人にはあった。長年にわたって支配したイギリスはいったいどういう衛生指導をしていたのかと不思議に思われるほどだった。

「ネズミに寄生するノミが病気を撒き散らす。部落長、あんたの言うとおりネズミにはなんの罪もない。だからといって野放しにしておくのは大変危険だ。理解してくれ」

「西隈マスター、ノミが原因ならば寄生されるネズミも死ぬはずではありませんか。この付近で見かけるネズミはみんな元気です。ノミは病気を持っていないのです」

「それは現時点での話だ。もう一度写真を見ろ。この乾期に入って死んだビルマ人だぞ。いつここにペストが流れ込んできてもおかしくはない。予防とは先手を打つことだ。他の部落はもう納得してくれているぞ」

「嫌がっていませんでしたか」

「嫌がってはいたさ。しかしな部落長、嫌だからやらないでは無責任だろう。あんたは部落長なんだぞ。ネズミを殺せとまでは言わない。処分は俺がする。住民はただ捕まえてくれればいい。それも罠を設置するだけだ」

　何ひとつ手を汚す必要はないと強調したあと、絶対に反駁できない質問を西隈は投げかけた。

「ネズミの命と住民の命のどちらが大切だ」

近づく部落を一度見て部落長は観念した。

「罠の設置だけでいいのですね」

「そうだ。ネズミは罠ごと竹籠にでも放り込んでおけばいい。巡回時に回収する」

「ですが年寄りたちがなんと言うか」

「俺も説得はするし必要なら今後も巡回のたびに説く。だがな部落長、最終的にはあんたがしっかりしてくれないと困るぞ」

住民の顔色をうかがうようなところがこの部落長にはいつもあった。しょせんは百姓のひとりでしかない。先代が早世し、その手腕を学びきらぬうちに部落長へ押し上げられたのが不運だった。

「西隈マスター、殺生を繰り返していては良い輪廻(りんね)を迎えられません。あなたもできる限り自重してください」

「俺の心配はいい。ネズミは日本式念仏で供養する。さあ部落に残っている住民を集めろ。ネズミ獲りを配る」

吉岡上等兵とモンネイが憂い顔で待っていた。ネズミ獲りは一部落あたり約五十個である。竹筒を利用したもので、奥に仕掛けられた餌が取られるとバネ仕掛けの蓋が閉まる構造だった。

シン部落の戸数は十一にすぎない。ネズミが出る頻度はどの家もときどきであり、場所は籾米倉が最も多い。食糧が豊富であるがゆえに被害は問題視もされずにいる。齧られた壁穴を定期的に塞ぐという極めて呑気な対処がこれまでなされてきた。

「おおらかなのは結構ですが、やはり不衛生ですね」

吉岡は憂い顔のままネズミ獲りを配り始めた。部落長の呼びかけに応じて集まってくるのは老人や婦人ばかりだった。家の周りに仕掛けることと、いったん仕掛けたら触ってはならぬことを西隈は説明して回った。

「部落長、では頼むぞ。明後日さっそく回収に来るからな」

老人たちの視線は複雑だった。積んだ功徳が多いぶん罪悪感が大きいのである。やむを得ないとの思いと日本人に対する複雑な思いがどの目にも同居していた。

・

部落巡回には教導という目的も含まれている。仏教徒を悩ませる指示がかろうじて受け入れられたのは、これまでの日々があったからに他ならない。

やはり顔を合わせる頻度は重要である。事実、モンネイの暮らすチボー部落ではなんの問題もなかった。一匹につき金平糖十個を出すと告げたこともあってチボー部落ではむしろ積極的だった。褒美が出るとなれば子供はじっとしておらず、棍棒を手にネズミを追い回す姿までが見られた。日本式念仏で供養するとの言葉も効果的であったと思われる。

チボー部落のひとつ北の部落でも充分な成果が見られた。最初の回収日、部落長はどこか誇らしげな顔で西隈を迎えた。担ぎ出してきた竹籠には十本の竹筒が放り込まれていた。

「上々だ。今後もこの調子で頼む」

二重の軍手をはめた吉岡が蓋付きの竹籠にネズミを移し替え、ネズミ獲りはアルボース石鹼水で洗われた上で返された。

「天日干し後、同じように仕掛けておいてくれ」

承知したと部落長はうなずいた。部落長としてはまず理想的なひとりだろう。法的な権力があるわけでもない百姓部落の長は人望がすべてだった。

牛車が再出発すると、竹籠を押さえながら吉岡は表情を緩めた。

「このぶんなら所長殿も喜びますよ」

ペストは乾期に勢いづく。マンダレーの周辺では街道をはじめとする主要道路に防疫検問が設けられている。衛生部や防疫給水部は予防接種に走り回っていた。

担当区域における責任は重い。所長も内心は気が気でなかろう。駆除が進まぬまま予防接種巡回が始まれば出張所の面目も潰れかねない。西隈としては確かな成果を上げてみせねばならなかった。

次の部落で十三本の竹筒が出てきたときおのずと安堵が深まった。わずか二日でこれだけ捕獲されるのだから生息数は相当なものである。

協力的であっても殺生に対する抵抗感はやはり拭えないらしく、竹籠に移されるネズミを人々は黙って見つめていた。同年代の子供に向けて駆除の意義を説いて回るモンネイがまったくありがたかった。

・

多少の懸念があったとはいえ、シン部落に具体的な不安を覚えていたかと問われれば否定せざるを得ない。ようするに西隈はまだ認識が甘かった。

人々の様子はひとまず他の部落と変わらなかった。モンネイの牛車を見た住民が部落長へ連絡に走るのも同じだった。ネズミ獲りの放り込まれた竹籠が引っぱり出されてくるのも同じなら、部落長にかける西隈の言葉も同じだった。

「上々だ。今後もこの調子で頼む」

捕らえられていたのは九匹にすぎなかったが、当初の予想からすればこれもずいぶんな数である。案ずるより産むが易しだとほのめかすと、部落長は肩の荷が下りたとの顔で決まり文句を口にした。

「飯は食いましたか」

「今日はごちそうになるぞ」

吉岡とモンネイをうながして部落長の家へ向かった。竹階段を登れば土間の役目を果たす露台があり、編上靴はそこで脱ぐのが決まりだった。順調に進むネズミ駆除と、長時間の圧迫から解放された足の心地よさに、西隈はすっかりくつろぐ気になっていた。

炉を囲むや否や、住民の前では憚られることを部落長は述べた。

「年寄りたちはどうしても良心がとがめるようで、それは見ていて痛ましいほどです。西隈マスター、よかったらあとで駆除の必要性を訓示してもらえませんか。みんなを集めますから」

「あんたに直接文句を言った年寄りがいるのか?」

ためらいの間のあと「はい」との答えが返ってきた。部落長はいくつかの名を挙げた。うちひとりはいわゆる長老だった。

老人たちはいつでも鷹揚で、西隈を見れば「飯は食ったか」と声をかけてくれる。しかし年長者としての矜持がないわけがない。仏道に反する要求には不満もより大きいはずだった。

「ですが西隈マスター、年寄りたちの気持ちも汲んであげてください。殺生に手を貸しては子や孫に示しがつきません。いったいどんな顔で今後を過ごせばいいでしょう。どんな顔でパゴダ参りに行けばいいでしょう。部落を守るためだとわたしがいくら繰り返してても限界があります。訓示をしていただけると助かります」

あの惨い写真を見せてやってくれと言っているのだった。

念のため、写真は今日も持参していた。支部から回されてきた防疫資料もおおよそは頭に入れてあった。「内務班での指導くらいのつもりで良いのではありませんか」と吉岡が助言を寄越した。

「そうだな。では部落長、飯のあとで住民を集めてくれ。場所は協同作業所でよかろう」

「西隈軍曹ドノ、貴様が訓示とはずいぶんト偉くなったものダナ」

「モンネイ、お前も子供たちの集合に手を貸せ」

米と豚肉と塩乾魚（えんかんぎょ）という食事が運ばれてきた。豚は部落で潰されたものだろうが、魚は市で仕入れたものである。いずれも百姓部落の心づくしだった。

ある程度の非協力はともかく妨害はまったく予測していなかった。騒ぎが起きたのは豚肉に手を伸ばしたときである。外から悲鳴のごとき声が上がり、間をおかず子供たちのわめき声が続いた。

敵機かと慌てて飛び出せば、住民がそこかしこで足踏みしていた。

竹階段を駆けおりた西隈の足元を数匹のネズミが駆け抜けた。牛車を確認するまでもなかった。竹籠が荷台から転げ落ち、なおかつ蓋が開いていた。

「馬鹿者。早く閉めんか」

吉岡が飛びついたがもはや手遅れだった。弱っていた数匹を除き、道中で回収されたネズミは逃げてしまっていた。

ネズミを追う住民の動きは見るからに形ばかりだった。結局は一匹も捕まえられず、西隈たちの怒りを怖れるような沈黙だけが残された。

「西隈マスター、ネズミをのぞき込んでいたら竹籠が転がり落ちました」

青年のひとりがそんなことを言った。なんと分かりやすい人々だろうか。視界に入るすべての顔がわざとやりましたと自白していた。

「お前がやったのか」

察したがゆえに吉岡は怒りをこらえられずにいた。青年はおびえながら首を振った。

「違います。わたしは何もしていません。見ていたら転がり落ちたのです」

勝手に転がり落ちるはずがなかろうと詰め寄る吉岡を西隈は止めた。責めても詮ないことだった。木陰のひとつに腰のやや曲がった長老が立っており、住民たちはいかにもその視線を意識していた。

西隈の目をひとときの見つめた長老は、付き添う若者にうながされて背中を向けた。

雪谷(ゆきたに)と名乗る見習士官は東屋(あずまや)の長椅子に腰掛けて笑った。

「それは困りましたね。ですが西隈軍曹、住民にしてみれば妨害するつもりなど本当はなかったと思いますよ。いったんは九匹のネズミを捕らえたわけですからね。きっと長老は住民たちにこそ腹を立てているのです」

懸念材料として話しておくべきと考えたところが、雪谷見習士官にとっては安堵材料になるらしかった。「裏を返せば西隈軍曹の巡回が効果を上げている証拠です」との言葉が続き、おもむろにタバコがくわえられ、学生じみた風貌に似合わぬ盛大な煙が吐かれた。見知らぬ山への警戒心はさほど感じられない。僻地(へきち)に足を延ばす機会が多いのだった。

「ようするに長老は西隈軍曹を妬(ねた)ましく思っているのです。住民の心が自分から離れているように感じているわけです。懸念があるとすればそちらのほうではないでしょうか」

言葉の使い方には多少困るものの、所属の異なる相手に対しては取引先に接するサラリーマンのようなつもりでいれば間違いはなかった。雪谷見習士官も同じ心がけでいるらしく、身分や年齢はわきに置いていた。

　ともなっているのは衛生兵がひとりだけである。荷物も最小限に抑えられ、衛生器材の収められた柳行李がひとつある他はトランクのみだった。所長への挨拶を済ませたかと思うと担当地区の状況をさっそく確かめようとする。明日と明後日で八つの部落を回り、その足でムントウへ向かい、前送されているはずのワクチンを補給する。そんな慌ただしい予防接種巡回だった。

「シン部落のような前例があるのですか？」

「感情の揺れはどこの部落にもあります。ネズミを解放したという話まではさすがに聞いたことはありませんが、いずれにせよ相応の軋轢は避けられませんよ。兵站勤務者はさぞ大変だろうとマンダレーではよく言われています」

　治安面での危惧が小さい山の百姓部落はむしろ楽であるとのことだった。

　巡回経路を地図で示す西隈に雪谷見習士官は黙って耳を傾けた。予防接種の連絡はむろんつけてある。しかし山の人々も生活上の事情をそれぞれ抱えており、一度でひとり残らず受けさせるのは無理だった。

「各部落に数名の不在が予想されます。商人との付き合いがある者もいれば運び屋をしている者もいます」

「街道を使う住民は心配ないでしょう。ヘジやムントウにもしばらく防疫検問が置かれるそうですから」

「でしたら接種漏れは後日引率すれば早いですね」

「そうしていただけると助かります。西隈軍曹、くれぐれも漏れがないようにお願いします」

見習いであろうと身分でいえば将校である。予防接種巡回へ出るのに連れが衛生兵一名なのは防疫給水部も手が足りないからだった。

任されている仕事は注射だけではない。兵要衛生地誌にまとめる情報収集も重要な任務である。雪谷見習士官は図嚢（ずのう）から四つ折りの紙を取り出した。

「ちょっとこれを見てください」

手書きによる中部ビルマの地図だった。地名の間を縫う形で十か所ほどに斜線が集中していた。

「今年のペスト発生地です。もちろん斜線内の全域で発生したわけではありませんが、ビルマ人の医学知識の乏しさにはやはり泣かされます。患者発生と聞いて駆けつけても大抵は手遅れです。ただ、ビルマのペストは妙なところがあって爆発的な蔓延（まんえん）が滅多にありません。看病する家人はまったく平気という例もあるほどです」

腺（せん）ペストばかりだという。ペストの種類など分からぬまま西隈は「そうですか」と応じた。

マンダレーの野戦防疫給水部はメイミョーで生産されるワクチンを受領して走り回っている。地図の斜線によれば、ヘジの南八十キロほどの街道沿いでも発生が見られていた。

「自分の回った部落で患者が出ればこれほど情けない話はありません。反感を買ってもやむを得ないと割り切って接種は徹底してください」

予防接種を終えても安心してはならず、ワクチンも万能ではない旨が念押しされた。自分の主任務であるからか、そのおりの雪谷見習士官はさすがに表情が険しかった。死体の写真を直接見たことは思い出した。

「死者を西隈は直接見たことは？」

「あります。西隈軍曹、あれはとてもつらいものですよ」

マンダレーの北にある百姓部落で腺ペストにかかった娘を見たとのことだった。

「インド人の娘でした。あとから分かったのですが、その娘は予防接種から逃げ続けていたのです。腕といえども男には肌をさらしたくなかったのだとか」

ペスト患者の処置に際してはゴム防護衣の着用が義務づけられているが、ビルマの低熱地では長時間使用できるものではなかった。家中の消毒を終えたあとは手袋のみを着け、大きく腫れたリンパ腺を冷やしながら、雪谷見習士官は衰弱しきった娘の英語をしばらく聞いたという。

「何も悪いことなどしていないのにどうしてこんな苦しい思いをしなければならないのかと娘は繰り返していました。首も太股の付け根も青黒く腫れ上がっていましてね、実に哀れでした」

こんな目に遭うような覚えはない。人から恨みを買った覚えもない。ビルマという国はパゴダに参らない者を許さないのか。この世は仏教徒以外は殺されるようにできているのか。

支離滅裂になっていく娘の言葉に雪谷見習士官は「助かる」「がんばれ」としか返せなかった。ドクターなんとかしてくれとすがりつく両親も娘の舌がもつれる頃には嗚咽を始めていた。

「可能ならば、そのときの様子を撮影しておきたかったほどです。啓蒙映画でも作ってビルマ人に見せて回れば兵站勤務者の苦労も軽減されるはずです」

口調に変化はないものの他人には分からぬつらさに違いない。雪谷見習士官は溜息まじりにタバコを揉み消した。

・

出張所に対する予防接種はその日のうちに東屋で行われた。兵隊は列を作り、衛生兵による消毒を経て雪谷見習士官の前に座った。

　慣れた手つきでワクチンが次々と打たれた。距離を取って眺めていた炊事婦が接種を終えた西隈に同情の顔で言った。

「西隈マスター、痛かったですか。痛かったでしょうね。あんな恐ろしげな針を刺されるんですからね。日本の兵隊さんは大変ですね。かわいそうですね。ああ、わたしはビルマ人でよかった」

　何を勘違いしているのだろう。「あんたもチボー部落のみんなも明日受けるんだぞ」と返すと炊事婦は目を剝いた。同時に口をぽかんと開けて青ざめた。

「……だって西隈マスター、わたしはペストなんて病気にかかったことはありませんよ。チボー部落のみんなもそうですよ」

「病気にかからないように注射するんだよ」

「わたしもあの針を刺されるのですか。あの恐ろしげな針を刺されるのですか」

「ちょっと辛抱すればいいだけだ」

　下士官連中は努めて涼しい顔を作っていた。所長は最も毅然としており眉ひとつ動かさなかった。対照的に兵は正直である。雪谷見習士官の前に座るたび目を強くつむり、あるいは歯を食いしばった。炊事婦はいっそう青ざめ、小娘のごとく体を寄せてきた。

「西隈マスター、わたしだけでも免除してもらえませんか。これからもおいしいご飯を作りますから。あ、そうだ、西隈マスターはイカの塩辛を食べたいと言ってましたね。なんとかイカの代わりになるものをマーケットで探してみます。ね、そういうことでいいですよね。では、ひとつよしなに」

「わがままを言ってはいけない。あんたは伝染病の怖さをよく知っているはずじゃないか」

炊事婦は亭主をマラリアで亡くしている。働き者で丈夫な亭主であったらしく、連れ添っている間は本当に幸せだったという。寝込んだときも別段心配はしなかった。日本なら風邪程度の感覚でしかなく、亭主がマラリアを発症するのも初めてではなかった。ところがそれまでにない高熱にうかされ始めたと思ったらあっさり逝ってしまった。炊事婦の嘆きは想像にあまりある。問い質す相手も分からぬままどうしてだと繰り返したことだろう。

「注射は恐ろしいが病気はもっと恐ろしい。そうだろ？　チボー部落の子供たちの手前もある。あんたも大人のひとりとして模範を示しなさい」

炊事婦はがっくりとうなだれた。伝染病のある世界に生まれ落ちた自分を呪うような気配がやがて発せられた。

その反応は百姓部落ではひとつの典型だった。

かしましい鶏鳴が落ち着いた翌朝、チボー部落の人々はひどく緊張した様子で出張所に現れた。あきらめ、おののき、中には絞首台に向かうような面持ちの者もいた。

「モンネイ、お前からだ」

予防接種の必要性を最も理解しているのは間違いなくモンネイである。東屋に席を確保し、チボー部落の名簿を膝に載せつつ西隈は言いつけた。

「平然とした顔で注射を受けろ。偉くなる人間はどんなことを前にしてもうろたえてはならない」

木綿のシャツをまくり、二の腕を出し、モンネイは消毒を受けた。背後から見守る住民は生け贄を憐れむような眼差しを向け、そばについている両親はパゴダの方向に合掌した。

「ドクタードノ、俺は注射など怖くはないゾ。うろたえないゾ。よろしく頼むゾ」

「君はずいぶんと日本語が達者だな」

「偉くなる人間は日本語くらいできないと駄目ナノダ」

「良い心がけだ」

子供と接する機会は多かろう。雪谷見習士官は口を動かしながらアンプルを切り、ためらうことなく針を刺した。

「よし終わった。どうだ、痛くなかったろう」

「全然痛くナイ。平気ダ」

涙を浮かべた目で住民たちを振り返り「全然痛くない」とモンネイは強弁した。

その後は流れ作業だった。人々は列を崩さずに接種を受けた。恐怖に泣く子供を励ます母親や、接種を終えた者にいちいち痛みを問う子供の姿は、日本で見られる集団接種のそれとまったく同じだった。

「街道から外れた部落でこれほど整斉とした接種はあまりないと思いますよ」

予防接種巡回は医療宣撫（せんぶ）とも位置づけられている。気苦労からは縁が切れまい。律儀に礼を述べる年寄りを見るにいたって雪谷見習士官はほとほと感心した。

「すばらしい統制です。部落巡回に何かコツでもあるのですか？」

ただ部落を回り、適当に無駄話をして、適当な部落で食事をごちそうになるだけだと西隈は返した。

「あえて要因をあげるなら、さっきの日本語の達者な子供でしょうか。いつも助けられています」

「なるほど」

最後に現れた部落長は威儀を正して椅子に座った。

「ドクター、想像していたほど痛くはなかったとみんなが言っています。あなたの腕が確かだからでしょう」

「部落長、ご苦労さまでした。あなたとみなさんのご理解に感謝いたします」

雪谷見習士官のビルマ語は拙かった。ビルマ着任から数か月といったところだろう。相手が部落長とあっては齟齬が危惧されたのか、西隈にひとつ通訳を求めた。

「ですが部落長、予防接種をしたからといって安心してはなりません。見慣れぬ変調をきたした住民があれば迷わず日本軍に連絡してください。いいですね。決して迷ってはいけませんよ」

注射を終えた部落長を下士官のひとりが見送り、東屋はやがて静かになった。今日ばかりはチボー部落にも野良仕事を禁じている。ひとり残った炊事婦は脱脂綿をまだ押さえていた。

ビルマは人の和で回る。必要性を理解すれば誰もが正しく動く。四つの部落をつつがなく回り、予防接種の初日はおだやかなうちに終わった。

事実上残る問題はシン部落だけだった。

ネズミを入れる竹籠と衛生器材、さらに大人三名に子供一名という大荷物は、モンネイの牛車も初めてである。なだめすかすような声をかけるモンネイに二頭の瘤牛は懸命に応えていた。

牛の扱い方を語るモンネイに相づちを打ち、フーコン谷地に侵入した敵の風聞や各地の空襲頻度を語り合っているうちに牛車はシン部落に入った。

竹籠の蓋は念のため針金で留めてあった。協同作業所では半数近い住民がすでにたむろしていた。残りの住民を集めるべく部落長は青年のひとりを伝令に出した。

「西隈マスター、この間はご迷惑をおかけしました」

もう気にするなと応じて西隈は軍手をはめた。部落長が前にしている竹籠には十六本もの竹筒が入っていた。

協同作業所の一角で雪谷見習士官と衛生兵が注射の準備を進めていく。部落長はふたりに「よろしくお願いします」と告げたあとネズミを移し替える西隈にささやいた。

「ちょっと集合に時間がかかるかも知れません。長老が不機嫌なのです」

「まさか予防接種を受けないつもりじゃないだろうな」

図星であるらしく、返ってきたのは沈黙だった。ネズミ駆除の妨害はまだ心情的に理解できても、予防接種までを拒まれてはさすがに立腹せざるを得なかった。雪谷見習士官の見立ては正しいのだろう。長老は西隈にこそ悪感情を抱いているのである。

よくよく見れば、たむろする住民には迷いの色が濃かった。部落長の言葉にしたがうべきか、長老の感情につきあうべきか、簡単に答えの出ることではあるまい。伝令の声に集まる者たちもしきりと長老の家を振り返っていた。

「話をつけてくる。なに心配するな。俺も日本人だ。年寄りへの敬意をおろそかにするつもりはない」

集まった者から順に予防接種を受けさせることと、受けた者の名前を控えておくよう頼むと、部落長は無言のままうなずいた。

部落道を東に進んだ林の際に長老の家は構えられている。他とさして変わらぬ粗末な家である。おとないを入れると初老の娘夫婦が現れた。

「じいさんはいるか」

「西隈マスター、こんにちは。ご飯は食べましたか」

「飯は今度ごちそうになる。じいさんと少し話がしたいのだ。悪いが外してくれないか」

腰を上げない長老に困り果てていたらしく、娘夫婦はどこか疲れた顔で家族を追い立てた。

「じいさん、西隈だ。邪魔するぞ」

何気ない風を装って声をかけたが応答はなかった。威儀を正して戸をくぐると、長老は茶の間の奥に鎮座していた。どこか即身仏を思わせる姿だった。

「西隈マスター、よく来たな。飯は食ったか」

「飯は今度ごちそうになる。ちょっといいか」

軍刀を外し、炉のそばに腰をおろし、ひとまず「ほまれ」を取り出した。

「じいさん、日本のタバコを吸ったことはあるか。一本どうだ」

あっさりと手が伸ばされ、あっさりとくわえられた。良かったら全部吸えと箱ごと押しつけて西隈はあぐらをかいた。

「ところでじいさん、今日は予防接種の巡回があると連絡しておいたんだがな」

「そのようだな」

「まるで他人事じゃないか。あんたの腰が重い理由をひとつ聞かせてくれないか」

「西隈マスター、わたしはあんたなどよりずっと長く生きている」

煙がそっと吐かれ、うまいタバコだとの顔がほまれに向けられた。

例に漏れず、家の中は殺風景である。一角が台所として設えられているだけで家具らしい家具もない。極言するなら生きるために必要な物しかない。それでいて何かしらの不足があるわけでもない。ビルマが国民皆僧の国と呼ばれるのは俗人から質素を極めているからでもある。「わたしはあんたなどよりずっと長く生きている」と繰り返して長老はまた煙を吐いた。

「長く生きたから明日死んだところで悔いはない。功徳もそれなりに積んだつもりだ。来世が人間であるとは限らないが犬くらいには生まれ落ちるのではないかと自負している。西隈マスター、あんたの来世はなんだろうな」

「さて、俺は心がけがあまりよくないから期待はできないな。そもそも日本の仏教徒は大雑把なのだ。死後は極楽か地獄だ」

「極楽へ行けるよう努めないのか」

「そのつもりでいたいんだが、なんといっても仕事が忙しいからな」

「そうか、敵国の兵隊を殺すのが西隈マスターの仕事だったな。ネズミを殺して回っても胸など痛むはずがないか」

これればかりは軍籍にある者とない者で認識が大きく異なることだった。銃後の人々も長老と同じ勘違いをしているだろう。西隈自身、入営するまでは勘違いしていた。

「誤解してもらっては困るぞ。兵隊の仕事は殺されないことにあるのだ」

増えた空襲を西隈は語った。爆音が聞こえるたびに出張所の者も退避を繰り返す。あくまで死なないためである。汗水流して防空壕を設置したのも死なないためである。

「じいさん、ここにも防空壕があるだろう。今日も敵機はどこかに飛んでいっただろうし、死なないようビルマ人も努めているだろう。兵隊も同じなんだよ」

「ビルマ人が戦争を始めたわけではない」

それこそ日本人とイギリス人が悪いのであって、さらに殺生までを強いるなどまったく許しがたいことだ。長老の目はそう言っていた。

「おかしな話ではないか西隈マスター。勝手にビルマで戦を始めて、百姓にまで防空壕を掘らせて、あげく爆弾の落ちる場所に労務者を引っ張っていく。そんなことをするくらいなら戦などやめればいいのだ」

「ビルマはイングリと三度戦って三度とも敗れたではないか」

「だからといって日本に救援を頼んだ覚えはない」

「ひとつの国には多くの考え方がある。ビルマ人の大半はイングリが消えたことを喜び、独立を喜んでいるぞ」

押しつけたばかりのほまれから一本もらって間を取った。ほまれはひたすらまずく、ただ喉が痛んだ。

現状を考えれば西隈の弁はもっともだと長老も認めてはいるだろう。敵機が飛んで来る以上は防空壕を掘らねばならない。またイギリスが戻って来ぬよう前線も維持せねばならない。前線を維持するには街道の修復を続けねばならない。たとえ戦がなかろうと伝染病を防ぐ努力はせねばならない。ネズミには迷惑なことだとしてもノミがペストを媒介するなら駆除せねばならない。「部落長はがんばってくれている」と続けて西隈は長老の目を見据えた。

「あんたが頑(かたく)なでいると部落長の苦労が増すのだ。住民はみんなあんたを敬っているし、それは部落長も同じだ。信じてはくれまいが俺もあんたをないがしろにするつもりはないぞ」

「ならばなぜネズミを殺せなどと言う」

益虫も害虫もない。畜生も人間もない。生き物のことごとくは何かの生まれ変わりであって、今日罠で捕らえられたネズミは一足先に旅立った長老の幼なじみである可能性も否定できない。仏教徒とはそうした考え方をする人々だった。

「わたしも部落の男たちも一度は僧院生活を送っている。女たちもパゴダ参りに行く。その我々にネズミを殺せと言う。こんな酷い話があるか」

「俺はネズミ一億匹の死よりも人間ひとりの死のほうがつらい」

自分を飾るつもりも長老をなだめるつもりもなかった。西隈にとってはそれは単純な事実だった。

「兵隊の建前か」

「日本でも年寄りの頑固ほど始末の悪いものはないが、あんたも相当なものだな。なあじいさん、部落に影響力を持っているからには住民を最優先に考える義務があんたにはあるぞ。あんたはネズミを守るために長生きしているわけではあるまい」

「日本の軍隊は我々の病気を治したり防いだりするためにビルマに来たわけではあるまい。しかるになぜ予防接種など行う」

話がネズミ駆除からそれたのは意外だった。むしろ予防接種にこそ憤りの源があるように西隈は感じた。その直感は決して外れていなかった。

「日本人の多くも仏教徒だ。施しの心もある。ビルマ人ほどではないにしろ多少は他人に親切なのだ」

「違う」

短くなったほまれが炉に押しつけられた。すっと背中を伸ばし、長老はひとつ大きく息を吸った。性分も手伝ってか無遠慮な言葉が直後に述べられた。

「西隈マスター、日本軍がネズミを殺すのも予防接種をして回るのも自分たちのためではないか。ビルマ人の間に病気が流行（はや）ったら困る。労務者が減ったら困る。伝染病が広がって兵隊が死んだら困る。防空壕掘りも同じだ。日本という国の都合ではないか」

そのとおりである。兵站地区隊の任務も友軍の戦力維持に目的がある。予防接種巡回は募労を容易にするための宣撫巡回でもある。

それらはきっと誰もが承知しているだろう。モンネイくらいの子供でもおぼろに分かっているだろう。わざわざ口にする長老は、かろうじて保たれている和を壊したがっているようにすら感じられた。弁を尽くしたところで態度を硬化させるだけに違いなく、あまつさえ事態を悪化させるのは目に見えていた。

少しは西隈に期待していたのか、協同作業所へ戻ったとたん案配を質すような視線がいくつか飛んできた。

「長老は後日ムントウに引率した上で接種させる。今日のところは可能な者だけにしよう」

部落長は落胆を隠せなかった。ペスト対策は住民の心を揺さぶり続ける。長老派と部落長派で分裂でも始まれば実に厄介である。予防接種はなかば踏み絵と化していた。

「で、何人済んだ」

「半分弱です」

どうせ今日は仕事もできないと注射の済んだ者もそこかしこで私語をしていた。いつもは朗らかな婦人たちが西隈や他の住民の表情をひどく気にかけていた。

「さあ、済んでいない者は列に並べ。長老も後日受けるから安心しろ」

青年のひとりがすかさず声を上げた。

「長老は注射を受けると言ったのですか」

ネズミが逃がされた日に長老に付き添っていた青年だった。直接竹籠をひっくり返した男だと西隈は目していた。

「受けるとは言っていないが今日留守の者と一緒に俺が責任を持って受けさせる。街道にしばらく防疫検問が置かれる予定だ。町の者も山の者も等しく受けるのだ」

だから勝手は許さないと込めると、迷いを見せていた何人かが列についた。モンネイも労を惜しまず働き、純粋に注射を怖がる子供たちに自分はちゃんと受けたぞと二の腕を見せて回っていた。

「西隈軍曹、そう怖い顔をしなくても大丈夫ですよ。なんだかんだで誰もが病気は恐ろしいのです」

雪谷見習士官は自身の仕事に徹していた。手際の良さが功を奏してか長老の家族がやがて列に並び、迷いを見せていた住民たちを倣わせた。

そのとき、あの青年が協同作業所を出ていくのが見えた。言うなれば懐刀だろう。

「さっきの男がにらみを利かせているわけですね。向こうの何人かはその取り巻きといったところですか」

協同作業所には小振りな物見櫓のような脱穀台が設えられている。雪谷見習士官が示す男たちは、籾殻が山を作るそばで落ち着かぬ顔をしていた。

「長老はどんな人ですか」

「一言でいえば頑固者です。ペストの知識は一応ありますが」

「ならばやはり西隈軍曹への妬みが大きいのでしょう。人間、年を取ると子供のような一面を見せると言いますしね」

青年に付き添われて長老はほどなく現れた。気づいた住民の何名かがまずいところを見られたというように列を外れた。

注射を続ける雪谷見習士官に長老は歩み寄った。そして挨拶の言葉もなく切り出した。

「ペストの予防だそうで」

念のため訳した西隈に雪谷見習士官はうなずいた。

「そのとおりです。長老、あなたも早く受けなさい」

「日本軍に言われるまでもなくペストのことは知っている。あなたなどよりも長くわたしはビルマで暮らしている」

「知っているだけでは駄目です」

雪谷見習士官は注射の手を止めた。臆する様子はまるでなかった。

「住民を安心させるために今ここであなたも受けなさい」

「日本の兵隊を嫌っているわけではない。できれば嫌いたくもない。だからドクター、あなたがたも我々に嫌われぬよう努力しなさい。様々な病気のある中で我々は暮らしてきたのだ。この地に余計な手を加える必要はない。ドクター、わたしは何かおかしなことを言っていますか」

先刻のような問答をさせるわけにもいかず西隈は割って入った。列が崩れぬうちに接種を終えましょうと衛生兵が助言し、雪谷見習士官は再び手を動かし始めた。

脱穀台の若者たちが近づいてきた。長老を取り囲むとひとりが何ごとかをささやいた。住民が一箇所に集まる機会などそうそうない。長老は脱穀台まで歩き、ゆっくりと竹階段を登り、やがて手すりに両手をかけた。

「みんな聞け。お前たちは、病による死者と戦による死者のどちらが多いか考えたことがあるか。確かに伝染病は恐ろしい。だがイングリの飛行機がここに爆弾を落とす可能性もあるのだ。どちらが恐ろしいかといえば、わたしはイングリの飛行機のほうが恐ろしい。この山でネズミが原因の伝染病が発生したことなど一度もないからだ」

列を崩さずにいる住民も接種を終えた住民も無言で注目していた。協同作業所は一瞬静まり返り、何も分からぬ家鴨(あひる)の声がどこからか上がった。

長老は英軍機の空襲を日本軍がもたらした災厄と位置づける一方で、防疫活動を日本軍がもたらす恩恵だと正直に告げた。利と害を明確にするためだった。その後「ペストがこの山で発生したことはない。だがイングリの飛行機は飛んでくる」との言葉が繰り返された。

「東のフラウル部落の近くには一度爆弾が落ちた。伝染病を日本軍が防いでくれると単純に喜んでいる者は、なぜイングリの飛行機がやってきて爆弾を落とすのかよく考えるのだ。そして注射は少し待つのだ。恩恵はおうおうにして弊害をもたらす。注射を受ければ日本軍の要請を断りづらくなる。募労も増える」

イギリス人が来ようと日本人が来ようとどうでも良いのだろう。長老は山のあるべき生活を求めているにすぎない。幼い頃からの生活がその理想なのだった。

「西隈軍曹、おおよそで結構ですから訳してください」

不穏とまではいかぬものの協同作業所は歓迎できない雰囲気に呑まれ始めていた。長老の口調が落ち着いていることに加え、その気持ちが分からぬわけではなく、住民の多くは困惑していた。

脱穀台に向けてモンネイが反論した。ペストを防ぐ手段があるのに使わないのはおかしいといった主旨だった。

長老は動じなかった。モンネイに目を留めると諭(さと)すように言った。

「チボー部落の子供よ。お前は働き者で、とても賢く、なにより心が強い。だがわたしはお前よりずっと長く生きている。この世の摂理を長く見てきた。病気とは自然がもたらすものなのだ。我々の祖父母も、祖父母の祖父母も、そういう世の中で生きたのだ。それが正しい生き方であるからこそ、わたしもお前もこうして存在し得ているのだ」

本来この世に存在しないものには手を貸すべきではないし恩恵も受けるべきではない。山に生まれた百姓は山で静かに暮らしていればいいとの断言がなされた。煩悩(ぼんのう)を忌(い)む心に根ざした強い口調だった。

「伝染病は恐ろしい。だからといって日本軍の施す予防策が正しいわけではない。ネズミ駆除ひとつとっても行き過ぎだ。その理屈でいけば我々は仮定の脅威に振り回され、やがて野蛮を極めるだろう」

結局は、明日の心配もしないビルマ人と明日を案じ続ける日本人の差に収斂《しゅうれん》される。

手応えを得てか、長老は脱穀台から降りようとした。人望は確かに厚かった。取り囲む若者たちは心酔のそれとも言えそうな表情を浮かべていた。

こうなるといよいよ部落長が哀れだった。力不足に打ちのめされ、気落ちを隠す余裕もなく、ただうつむいていた。

雪谷見習士官の意識はその部落長にこそ向いていた。脱穀台に向かおうとする西隈を制したかと思うと出し抜けに大声を発した。

「長老、しばし待たれよ。長老の取り巻きども、君たちもだ」

自分を落ち着かせるような一呼吸をはさんで雪谷見習士官は振り返った。

「西隈軍曹、これからわたしの言うことを正確なビルマ語に訳してください。ぼかしてはいけません。省いてもいけません。いいですね。正確に徹して訳すのです」

残念ながら要求のすべてには応えられなかった。雪谷見習士官の言葉はあまりに辛辣《しんらつ》で、長老に対するものとしてはあまりに不敬で、かつビルマ人を罵りもしていたからである。

いいか長老、そして取り巻きども、耳の穴をかっぽじってよく聞け。

そもそもネズミの生死ごときに君たちが騒げるのは呑気に暮らしてきたからだ。未来の不安に目をつむり、国家の危機から目を背け、そうして紙一重の安寧をむさぼってきたからだ。

はっきり言う。ビルマ人は怠惰である。農閑期は働きもせずにぶらぶらし、昼日中から男女がちちくりあっている。生活を向上させるつもりなどさらさらない。自国を強化したいとも思わず、一国の民である自覚すら弱い。そんな君たちを見るたびに日本の将兵はふたつの思いを抱く。すなわち、情けないという思いと羨ましいという思いだ。

この意味するところが分かるか。見解が対立するという意味ではないぞ。ふたつの思いをひとりの人間が同時に抱くのだ。かく言うわたしもそのひとりだ。わたしはこの数か月、任務を遂行する上で様々な村落を見た。サボテンに囲まれた部落も見れば、イラワジ河の漁村も見た。どこに行ってもビルマ人は似たり寄ったりだ。生活が貧しく、知識に乏しく、何も悩まず、何も憂えない。汗水流して働いたあげく兵隊に取られ、自由時間のない日々を過ごしてビルマに送られてきた日本兵たちは、そんなお前たちの暮らしに一度は極楽を見る。ビルマに生まれたかったとさえ思う。当然だ。誰でも辛苦は避けたい。のんびり暮らせるに越したことはないのだ。

ではなぜビルマ人のように暮らさないのか。言うまでもなく国家が成り立たないからだ。弱者が救済されず、未来が犠牲にされるからだ。これは歴史が証明している厳然たる事実だ。ビルマという国も証明に一役買っているではないか。

君たちの祖先は怠惰に暮らした。ビルマの国力は伸びず、イギリスの支配を受けるに至った。イギリスの支配を受ければ搾取が始まる。搾取が始まれば支配者の威を借る人間も増殖する。下ビルマの米作地帯を見よ。もはや華僑と印僑の天下だ。怠惰な百姓は博打とアヘンにうつつを抜かし、言葉巧みな金貸しに騙され、担保とした耕地を奪われた。地主が小作に転落した例は数知れない。

むろん君たちにとっては遠い土地の話だろう。君たちの視野はどこまでも狭く、ゆえに何も悩まず何も憂えない。

長老、あなたが生きた時代はひとつの事実だ。しかし次の世代の事実であるとは限らない。この世は諸行無常だ。病気があるのは自然な世の中で、飛行機があるのは不自然な世の中と言えるのは、あなたの時代の話でしかないのだ。望もうと望むまいと人類は飛行機を手にした。飛行機を戦に使うことも覚えた。その事実から目を背けてはならない。

反論にはおよばない。あなたの言いたいことは分かっている。戦があるのがいけないとあなたは考えている。しからば長老、ひとつ聞かせよ。あなたの時代に戦はなかったのか。あなたの祖父母やその祖父母の時代に戦はなかったのか。なかったとは言わせんぞ。そもそもこの国はなぜビルマと呼ばれるのだ。ビルマ族が他民族に勝ったからではないか。ビルマ族がこの国の土地の大半を力で治めた歴史は決して動かない。ようするに、長老の今の暮らしは戦の上に成立しているのだ。

ならば話は実に簡単だ。長老が自然と認める病気と同じく戦も自然なのだ。強者が残り、弱者が絶える。その点において両者はまったく変わらない。

より多くの武器を持ち、より強い軍隊を持ったイギリスにビルマは屈した。その原因は進歩を不浄と見るにも似た長老のような考え方にあったのかも知れない。往年のビルマにも長老と同じ意見の者はいただろう。それが子や孫にツケを回したのだ。

長老、いま地球は戦の真っ直中にある。人類史上最大の戦だ。その現実をまず認めよ。

そして、戦の地球で生き延びるべく立ち上がったビルマの志士の存在をよく考えよ。

今の時代を直視し、ビルマの未来を憂う男たちは、みずからの意志で立ち上がった。ツケを回された不満も口にせず、厳しい訓練に耐え、ビルマの地からイギリス人を駆逐するために戦った。その血と汗はビルマの独立を達成させた。先人が残したツケを見事に返したのだ。

生き延びるための活動は生物の生物たるゆえんだ。武器が発達を続けるように、伝染病を封じ込めるための技術は進歩を続ける。

我々もネズミに恨みなどありはしない。ただ現実を直視しているだけだ。ノミがペストを媒介するからにはネズミには死んでもらわねばならない。仏道に反しようが年寄りの理想に背こうが死んでもらわねばならない。

勝手な考えをビルマに押しつけるなというならば、言葉をそっくりそのままお返しする。イギリス百二十年の魔手から解き放たれたビルマに、長老が思い描く古い暮らしを押しつけてはならない。独立国家ビルマの主役は独立に心血を注いだ世代であって長老の世代ではないのだ。

あるいは長老、あなたはペスト対策を懐柔策とみなしているのかも知れない。それならばそれでいい。しかし妨害は決して許されない。親しい人が死に直面すれば誰でも嘆き悲しむのだ。ペストにかかった子を前にすれば親は例外なくドクターにすがるのだ。助けてくれ、なんとかしてくれ、いい薬はないのかと涙をこぼしてすがるのだ。

明日この部落にペストが発生すれば今あなたを慕っているその実直な男たちも死にかねない。そのとき親は涙をこぼして日本軍にすがることになる。新しい世代をして異国の人間にすがらせるほど、あなたの世代は怠惰に暮らしてきたのだ。

・

モンネイいわく、見習士官の演説は「注射の精霊に取り憑かれた言葉」であるらしい。本人も何をどう語ったのかよくは覚えていないのではなかろうか。それくらいの忘我にあったのはまず疑いようがない。

牛車が街道へ出たとたん、後悔の滲む表情で雪谷見習士官は山々を振り返った。

街道はいつも通りだった。物資を積んだトラックは敵機のいぬ間に北上していく。変化といえば南下するトラックに傷兵が見られることくらいだろう。むろん第一線兵団の所属である。

「フーコン谷地に侵入した敵は手強いようです。これまでの支那兵とはだいぶ異なると聞きます」

無言でいるのも気詰まりで西隈は話を振った。しばしの黙考をはさんで雪谷見習士官は山々から視線を外した。

「前線では疫病がはびこり始めているらしく衛生勤務者の苦労話もちらほらしています。この乾期がこの戦の正念場ですよ」

英印軍や米支軍や重慶軍もそうみなしているだろう。雨期入りまでの残り五か月を友軍はどうにかしのがねばならなかった。

ウ号作戦に関する動きも衛生勤務者には見られるという。派遣予定の防疫班がすでに編成されているとのことだった。各師団に増援として配属され、もしくは第十五軍の直轄となるのである。

誰もが日々を戦っていると意識すれば兵站勤務者に無用な迷惑をかけたとの思いが強まるだろう。衛生兵が居眠りを始めると、雪谷見習士官はつと気弱な表情を見せた。

「本当に申し訳ないことをしました。分(ぶ)をわきまえない行為でした。西隈軍曹、もしシン部落の心が離れるようなことがあれば、構いませんから今日のことは報告してください」

「ご心配にはおよびませんよ」

本音を言えばかなり心配だったが返せる言葉が他にあるはずもなかった。

「我々もへたな仕事をしているわけではありません。少々のことで民心は揺らぎませんよ」

「言い過ぎたところもあったように思います。シン部落の人々も初めて見る人間から偉そうなことを言われては腹が立たぬわけがない」

「腹を立てた者がいなかったとは言い切れませんが、しょせんは一部ですよ。大半の住民は予防接種を受けたのですから」

空襲警報のサイレンがムントウの方向から聞こえた。慣れゆえか、それとも耳に入らないのか、雪谷見習士官はまったく反応しなかった。

牛車を手近な林に入れて小休止とした。ともに避難してきた行商のビルマ人たちが荷物を降ろしつつ賑々しくしゃべり始めた。

幸い街道を狙った空襲ではなかった。中高度を東進していく大型爆撃機がじきに見えた。針路からすればテナセリウム地区への爆撃である。護衛戦闘機をつける必要がないゆえに爆撃機も行動半径を延ばせるのだった。

今日もほとんど雲のない好天である。梢の向こうに小さくなる敵機を西隈は漫然と追った。

「とにかくあれは良い演説でしたよ。我々兵站勤務者こそが告げておかねばならないことばかりでした」

すぐに立ち去る人間だから口にできたのだと言える。雪谷見習士官は憎まれ役を買って出たとも解釈できた。

「おいモンネイ、少々きついことを言われたところでふてくされるほど百姓部落のビルマ人も心が狭いわけではないだろう」

「百姓の心は狭くないゾ」

ビルマ人はいつでもおおらかだと付け加えられた。モンネイなりに気を遣っているのだった。

「だいたい長老が悪いノダ。予防接種を受けヌなどけしからん話ダ。赤ん坊が死にでもしたらどうするノダ」

「いやモンネイ君、長老も部落のことを考えているのだ。住民は家族みたいなものだろう。そこにずけずけと入り込んできたよそ者など無条件に信用できるわけがない。長老だからこそ信用するわけにいかないのだ」

長老は結局、予防接種を受けずに引き揚げた。住民はそれぞれの判断で受ければいいという態度だった。当然のことながら、八つの部落のうちシン部落での接種漏れは飛び抜けて多い。まとめての引率は容易ではないだろう。

「負担を増やす結果にしておいて言うのはなんですが、西隈軍曹、巡回の際には衛生指導を引き続きお願いします」

反感を一切買わずに軍務をこなすのは、きっとどの地においても無理である。独立から間もないビルマはこれから自力で歩き始めるのであって、そう考えれば子供のような存在である。泣かれようと喚(わめ)かれようと譲ってはならない場面が今後も多々訪れるはずだった。

敵機が遠く消え、警報解除のサイレンが鳴った。指示を待たずにモンネイは牛車を街道へ出した。単調な車輪音に合わせるような抑揚を欠いた声で雪谷見習士官は言葉を継いだ。

「説き続け、結果を出し続けていれば、ビルマ人の意識もいずれ変わるでしょう。自前のワクチンを供給できるようにもなるでしょう。オンサンやその仲間たちの気概は本物です。たとえるなら彼らはイギリス支配下に抗体として生まれたのです。彼らはきっと強いビルマを作り上げる。いまビルマ人に見られる様々な葛藤は過渡期ゆえのものです。もちろん葛藤が解消されるには時間がかかるでしょう。あるいは完全な解消はかなわないかも知れない。ですが、それはどこの国にも少なからずあることです。百姓部落の人々もネズミ駆除に動いてくれている。そしてモンネイ君のような子供もいる」

　蔣介石（しょうかいせき）を尊敬していることなど知る由もなかろうが、積極進取に富んだ子供であるのは誰の目にも明らかである。モンネイのような子供に出会えたのはひとつの収穫だとの様子が雪谷見習士官にはあった。

　竹飯を担いだビルマ人が目につくようになって間もなく、牛車は旧雅橋（みやびばし）に達した。

　いつものように工兵たちが忙しげだった。渡河（とか）受付所では二号桟橋へ行くよう指示された。ムントウまで送るつもりでいた西隈に構わず、雪谷見習士官は二名のみの乗船予約を入れた。

「見送りはここで結構ですよ。門橋の利用を抑えるのも友軍のためです」

二号桟橋の門橋を待つ兵隊たちは偽装された大型天幕の下にたむろしていた。雪谷見習士官は果物を売るビルマ人を呼び止めてマンゴスチンを買った。

「さあ、モンネイ君も食え」

「ドクタードノ、貴様なかなか気が利くではナイカ」

乾いた空気の中で食べるみずみずしいマンゴスチンはまた格別だった。空襲の爪痕と忙しない工兵に目をつむりさえすれば渡場の景色は牧歌的である。対岸の林にも乗船待機者と物売りが見え、ちょっとした市場のごとき雰囲気だった。

政治的な曲折はあっても、ビルマの独立は日本が与えたものではない。あくまでイギリス支配時代からの闘争の結果である。民族意識の高揚を訴える声が公然と聞かれるようになった頃から価値観変革の必要をインテリたちは感じていただろう。金銭を不浄ととらえる向きが経済発展を阻んだとの指摘も聞かれるほどである。国を憂うビルマ人たちは、軍事や政治はひとまず措いて明治維新時の日本に学ぼうとしている。日本の先人が丁髷を捨てたように、ビルマ人も時代を受け容れるときがくる。その推進力たり得るひとりと確信してか、乗船の順番が来たとき雪谷見習士官はモンネイの肩を叩いた。

「モンネイ君、二日間ありがとう。おかげで予定時間内に任務を終えられた。また近くに来たときはチボー部落に寄らせてもらうよ」

「いつでも来イ。ドクタードノ、俺は貴様を歓迎するゾ」

「君はきっとビルマを背負う大人（たいじん）になれる」

衛生勤務者は常に配慮を受ける。柳行李を担ぐ衛生兵は最優先で乗せられ、工兵の声にしたがう兵隊たちがあとに続いた。トラックの荷台に上がり、もしくは車体を囲み、やがて彼らは門橋上にひしめいた。

兵站線の光景を見ていれば戦の展望が明るくないことは認めざるを得ない。予防接種巡回を続ける雪谷見習士官もむろん認めてはいるだろう。それでも任務に邁進（まいしん）できるのはビルマの自立を信じているからである。

頼もしげな視線がモンネイにしばらく留められた。前任部隊の中津嶋（なかつしま）少尉と同様、ビルマの発展と平和を願うひとりには違いなかった。チボー部落にまた寄るとの言葉は社交辞令ではなかろう。直情径行の人間にふさわしいきっちりとした答礼を経て、雪谷見習士官は対岸へ遠ざかった。

ロンジーの教え

ロンジーは筒状の腰巻きである。ビルマの男はいつでも下腹あたりで軽く結び留める。バンドや紐を使う者は皆無で、ずり落ちそうになるとそのつど巻き直される。肉体労働中は面倒なことおびただしい。迂回路敷設支援において西隈（にしくま）は、ロンジーを巻き直す労務者の姿を百回ほど見ることになった。

敷設支援は一週間の泊まり込みだった。その二日目の朝、連絡要員として走り回っている吉岡（よしおか）上等兵が思いがけず駆けてきた。

「所長殿がお呼びです。先ほどカージー部落長が飯場を訪ねてきまして」

作業道は昨日つけられた。下草を刈り終えた退避所構築現場は木立の伐採にかかったところだった。「作業を続けていろ」と言い置いて西隈は現場を離れた。

時間的に考えれば、カージー部落長は空の暗いうちに家を出たのだろう。山の八つの部落を代表する、いわば郡長である。視察なのだった。

「ご用命により参りました」

飯場は対空監視哨が置かれた丘の裾に設けられていた。急造宿舎と大天幕の他は何ひとつ手がつけられていない森である。「ご苦労」と答礼する所長の傍らで、カージー部落長は妙にほがらかな顔をしていた。

忙しいところ悪いがご案内さしあげよとの命令が下された。部隊間の調整は毎日のことで所長も暇ではない。渡辺曹長をうながすと即座に隣の大天幕へ向かった。その後ろ姿をカージー部落長は表情を変えぬまま見送った。

「みなさん忙しそうですね」

「忙しい現場だから出張所も駆り出されたのだ」

「お察しします。ですが西隈マスター、わたしにも責務があります。ご迷惑かとは思いますがよろしくお願いします」

「別に迷惑がっているわけではない。さあ行こう」

迂回路敷設支援に出ている山の労務者は二十二名だった。これまでにない大人数である。泊まり込みとなれば募労の苦労もひとしおで、出張所は倍額の日当と充分な休息を保証し、体調不良者や用件の生じた者はいつでも帰宅できる旨も確約し、かつ随意の視察も認めねばならなかった。

空襲被害を受けたことのない森であるのが唯一の救いだろう。さかんな鳥のさえずりは山を思わせるほどである。

作業道を進んだ先に労務者たちを見つけてカージー部落長はさっそく声をかけた。

「調子はどうか」「昨夜はよく眠れたか」「疲れは残っていないか」といった内容だった。責務という言葉は決して大げさではない。労務者ひとりひとりの顔色がしっかりと確認もされていた。気配を強いてたとえるなら、連隊を観閲する佐官のそれである。最年長の労務者を捕まえるとさらに細かい質問を投げるのだった。

「昨日の作業はなんだった」

「草刈りと飯場周辺の防空壕掘りでした」

「食事の内容は」

「唐辛子の利いた鶏肉と、粘りけのある米と、兵隊さんがよく飲む汁でした」

「昼寝はしっかり取ったかね」

「取りました」

「水はちゃんと浴びたかね」

「日暮れ前に川まで引率されました」

「何か困ったことはないかね」

「胃が少しもたれています」

ビルマ人の食事は一日二度で、それもおおむね質素である。「日に三食はさすがに多すぎます」と続けられた言葉に、カージー部落長は生真面目な声を返した。

「多かろうと絶対に残してはならない。夜明けから日暮れまで力仕事が続くのだからね」

出張所が担当しているのは街道から二キロほど入った一区間である。といってもトラックの退避所を二百メートルごとに設置するだけだった。迂回路敷設の主力はあくまで工兵と正規労務者であって、出張所に当てられた一週間という期間も「可能な限り長く」という要望の結果だった。

最も憂慮されるのはやはり空襲である。伐採現場一帯の対空遮蔽度を見て回ったあと、カージー部落長は最寄りの壕へと歩み寄った。西隈はざっと説明した。

「水の出ない深さとなればこれくらいが限界だ。どこも半地下のまま土嚢（どのう）を巡らせることになる」

「これで完成なのですか」

「今のところは応急だ。当座の防空壕を兼ねて昨日工兵が掘った。トラックも入れる退避壕になる予定らしい」

爆弾の直撃でも受けない限り労務者が吹き飛ぶことはない。機銃掃射にも耐えうる程度に土嚢は積まれていた。カージー部落長はひとつうなずいた。

「効率的ですね」

「仕切っているのは工兵だからな。敷設計画に抜かりはない」

「これならば山の者も安心するでしょう」

長居しそうだった様子に反して視察はあっさり終わった。真っ直ぐに戻って各部落に伝えるという。「疲れない程度にがんばりなさい」と労務者たちに告げてカージー部落長は作業道へ足を向けた。

「牛車を待たせてありますから見送りは結構です。西隈マスター、お忙しいところありがとうございました」

マスターも体にはくれぐれも気をつけてくださいとの言葉が残された。代表者を選ぶための部落長会合には紛糾もなかったろう。カージー部落長は普段からそつがない。態度も常に落ち着いている。その口から現場の様子が語られれば、山の住民はひとり残らず安心してくれるに違いなかった。

・

とはいえ、それで万事が順調に進むほど泊まり込み支援は単純ではなかった。本物の佐官視察が予告もなく行われたのである。
　七本の闊葉樹（かつようじゅ）を倒し、枝と皮を払ったところで午前中は過ぎた。二名が飯上（めしあ）げに出て、雑談まじりに昼食を終えると、労務者たちは土嚢や壕底に横たわって寝息を立て始めた。残された西隈はさながら歩哨（ほしょう）である。昼寝は最低二時間というのが募労時の約束だった。

「ここはまたずいぶんと余裕があるな」

　作業道に人影が動いたと思う間に、拍車付きの長靴（ちょうか）を履いた将校が現れた。しっかりと鏝（こて）の当てられた軍衣には少佐の階級章が付けられていた。
　慌てて敬礼する西隈に少佐は無表情で答礼した。

「貴官はここの班長か」

「はい。兵站（へいたん）地区隊ムントウ支部、兵站警備チボー出張所、西隈軍曹であります」

　少佐の背後には十名近い帯同者がいた。そのほぼ全員が将校で、あろうことか所長も含まれていた。自分の部下であることと臨時労務者をまとめている下士官であることが説明された。

「なるほど、山の労務班か」

　倒木は放置され、払われた枝葉は散乱し、ビルマ鉈（なた）はそこらに転がされていた。労務者はひとりとして目を覚まさず、それぞれが土嚢の一部のごとく横たわっていた。

「ここが特別疲れる現場であるようには見えんがな」

「山の住民は町の住民とはだいぶ異なりますので」

所長の言葉が終わらぬうちに少佐は壕へと歩み寄った。壕底にはアンペラのにわか寝台が設えられ、そこでも労務者が寝息を立てていた。

「最良の寝床だな。サイレンにも慌てる必要がない」

労務者を起こすべきかどうか判断がつかなかった。起こしたところで何ができるわけでもないと結局は開き直るしかなかった。

副官とおぼしき少尉に地図を出させ、少佐は現場の位置関係を確認した。昼寝を続ける労務者が愉快であろうはずはない。「将兵はいいとしても他の労務班がどう思うか」との言葉が漏らされた。おそらくは各隊の認識をすり合わせるための視察である。付き添う将校たちは採点されているに等しかった。

「次は部落前の分岐点か」

少佐は拍車を鳴らして作業道へ戻った。どういう心境でいるのか、あとに続く所長は振り返りもしなかった。やがて訪れた静けさの中で西隈はそっと溜息をついた。

少佐はたぶん、旧雅橋の前後に置かれている工兵の大隊長である。空襲ばかりの渡場には心休まる暇がなく、迂回路の整備は職務上の死活問題と言える。支援を受けているからには兵站勤務者に悪態はつけないとしても、しょせんは下士官兵の目がなくなるまでのことと考えねばならなかった。

「おや西隈マスター、ずっと立ってたのですか」

頃合いをはかっていたかのようにフラウル部落のコオンテンが目を覚ました。腕に止まっていた蚊を吹き払い、ふらふらと藪へ向かうと、彼はロンジーをわずかにたくしあげてしゃがみ込んだ。眺めるほどに呑気な用足しだった。一週間の労務にロンジーは具合が悪かろうと軍袴(ぐんこ)の貸与案も出たが労務者はそろって拒否した。自分たちは兵隊ではないというのがその弁だった。

のんびりとした動作でロンジーを巻き直してコオンテンは大きなあくびをした。

「力仕事をこなしても眠くならないなんて軍人さんはすごいですね。山の娘たちもよく言ってます。日本の軍人さんを婿にもらえばさぞかし楽ができるだろうと」

「光栄だと伝えておいてくれ」

作業自体は一応つつがなく進み、夕刻までに労務班は十五本の闊葉樹を処理した。慣れない二十二名であることを考えればまずまずの成果だった。しかしそれはあくまで兵站勤務者の感覚でしかない。少佐がのぞかせていたそこはかとない不満を思うほどに、工兵とまた一悶着(ひともんちゃく)起きるのではなかろうかと案じられてならなかった。

さすがに油を絞られるようなことはなかったろうが、所長にとっての視察は身の置き所のない時間だったろう。日夕点呼を終えるや否や西隈は大天幕に呼びつけられた。

叱責を覚悟しておもむいたところが所長は穏和な顔をしていた。その第一声は「明日、適当な労務者を三名連れて工兵大隊へ行け」というものだった。

「ようするに見学だ。よく言えば研修か」

「俺たちはこんなに働いているぞと示したいわけですか」

「そう悪く解釈するものでないぞ。工兵も山の労務者の気質を認めているということだ。いや、それが本来のビルマ人であることもよく分かっているのだ」

迂回路敷設のみならず、今後のことも考えて認識を近づけておこうとの算段であるらしい。現場では苦言を口にしなかった少佐を西隈は改めて思い返した。

「突然少佐殿が現れては貴官もさぞ面食らっただろう」

「所長殿に恥をかかせる結果になりました。その点まことに申し訳なく思っております」

「それはいい。だが二時間の昼寝は度を超えているというのが少佐殿のお言葉だ」

あるいは所長の発案による見学だろうか。募労時の約束を破棄するわけにはいかず、工兵大隊の意向にも沿わねばならないなら、労務者が自主的に昼寝を返上してくれるようながすよりなかった。

「戦は明らかに動き始めた。フーコン谷地に侵入した米支軍は先手を取り続けている。兵站線の保全に落ち度は許されないし、どうあっても労務者が必要であるからには工兵との認識の溝はどこかで埋めておかねばならない。頼むぞ」

悶着の芽は早めに摘んでおくに限る。そういう意味にとらえて西隈は納得した。少佐相手に言うべきことを言っただろう所長には、そもそも逆らえるはずがなかった。

・

他隊の人間が足を運んでくれれば対応する者が要るのは当然で、下士官には下士官を充てるのが適当だった。西隈を一目見た工兵軍曹は「あんたのところだと思っていたよ」と憤りを隠さなかった。

「話は聞いている。大隊長殿の視察を昼寝で迎えたんだってな。よくそんな無礼なまねができるもんだな」

終わりの見えない力仕事に工兵たちは疲れている。心が荒むのはやむを得ないことだろう。さりとて敵愾心じみたものを露わにされては同情する気になれなかった。

「おたくも下士官なら命じられたことを淡々とこなせよ」

「相変わらず礼儀を知らない野郎だな。お世話になりますぐらい言えないのか」

「支援を受けておいてよくそこまで横柄でいられるな」

「支援？」

工兵軍曹は呆れ顔になった。

「お前らが何を支援してくれてるんだ。働きは半人前のくせに飯は一人前とあっちゃ給養班の負担が増すばかりだ。俺たちがどれだけ苦労してると思ってるんだ」

「だからその苦労とやらをつぶさに見せてくれりゃいいんだよ」

工兵大隊の本部には凶暴そうな顔の古参下士官が机を並べていた。それでなくとも彼らの矜持は高い。西隈に向けられたいくつかの目には殺意ともとれる色が浮いていた。

西隈の肩を掴み、工兵軍曹は小屋を出た。兵舎等の作りや配置はどこの隊もさして変わらない。異なる点といえば敷地の広さくらいだろう。工兵の駐屯地も百姓部落と隣接していた。

外では、コオンテンをはじめとする三名が待っていた。ロンジー姿はやはり腹立たしいらしく、「お前らも来い」と工兵軍曹は忌々しげに顎をしゃくった。面倒事を押しつけられがちなのか、合歓木の木陰に入ったとたん損な役回りを嘆くような表情が作られた。

「いいか山の軍曹、勘違いだけはするな。客だと思って高をくくっていたら後悔するぞ。腕の一、二本へし折って送り返したところで俺たちは胸のひとつも痛まん」

「あんたも勘違いするな。これは将校間で取り決められた見学だ。連絡は昨日のうちに受けているだろう。俺は今日申告も済ませて来たんだ。それをさも鬱陶しげに迎えやがってどういうつもりだ」

「ビルマ人労務者の引率ばかりしていると、いつまでも娑婆っ気が抜けんか。なるほど、そりゃ確かに認識の溝を埋めておく必要があるな」

「分かったらさっさと動け。いつまで無駄話しているつもりだ」

どうせやらねばならないことだと自分に言い聞かせるような間をはさんで工兵軍曹は紙切れを取り出した。自隊の勤務表である。なんだかんだ言いながら調整は済ませているのだった。

「いいか山の軍曹、よく聞け」

「西隈だ」

「とにかくよく聞け。どの現場でも兵隊は汗みずくだ。お前も下士官なら兵隊の気持ちは分かるだろう。ビルマ人のさらし者にされて気分がいいわけがない。無礼な振る舞いだけはさせるな。これはお前の責任だ」

歓迎されていないことはコオンテンたちも充分に理解していた。工兵の現場を回ることをまず説明し、何があろうと笑顔を見せるなと西隈は釘を刺した。

「コオンテン、今日は隊に帰るまでお前が労務者の長だ。工兵の様子をよく頭に叩き込んで他の者にもしっかり伝えろ。いいな」

駐屯地を一歩出れば百姓がうろうろしていた。近在の青壮年も労務に出ており、目に付くのは老幼婦女子ばかりだった。親しげに声をかけてくる住民と挨拶を交わしつつ工兵軍曹は街道へ向かった。

「牛車はどこだ」

「そんなものあるか。街道沿いじゃことごとく徴用されている。隊で使える牛車があったところで車両掛に申請せねばならん」

「その程度の面倒を疎んじていては下士官勤務などつとまるまい」

「黙ってついてこい。一キロ東に木材貯蔵所がある」

街道へ出ると昨日となんら変わらない青空が広がっていた。農道の一本に入ったあとは一列縦隊で歩いた。やがて斧の音が聞こえ始め、「こっちだ」と言われるまま農道を外れ、必要最小限に切り拓かれた草地へ入った。

上半身裸の半個小隊が臂力器材を使っている現場だった。指揮を執る下士官に歩み寄って工兵軍曹は敬礼した。ねじり鉢巻をした先方は三白眼を西隈に向けた。

無表情でいるようコオンテンたちに再度指示する西隈を待って工兵軍曹は大雑把な説明をした。

「見ての通り動力器材はない。同じような木材貯蔵所は旧雅橋の北にもふたつ置かれている。おら、何をぼさっとしてるんだ。さっさと訳せ」

木材貯蔵所は木工所を兼ねていた。つまるところ築城材や補修材の生産所である。渡場における消耗が最も激しいことは説明されるまでもなかった。

斧を振るう兵隊たちは飛び散る木っ端を全身に貼り付かせ、表情はどこか虚ろだった。よそ者向けの芝居ではない。日のあるうちは体を動かし続け、日没後は駐屯地での兵務をこなす。自分の寝床に横たわったが最後、泥のように眠って疲れの抜けきらない朝を迎える日々だという。

「風通しが悪い。衣服は塩を吹く。木材要請はひっきりなしだ。この仕事量で三十分も過ごせばビルマ人は我先にと逃げ出すだろうよ」

工兵軍曹は手近な兵から鋸を借り受けた。そして「お前ちょっとやってみろ」と労務者のひとりに押しつけた。

「その細いチークを切ってみろ。一息に切れたら十ルピーくれてやる」

労務者は驚いた。危険手当の含みを持たせた現日当が二ルピーである。本当にくれるのかと問い返した。

「ああ本当にくれてやる。さあ切ってみろ」

チークは硬い。腰の入れ方も知らず、闇雲に鋸を動かし、労務者は肩で息をしながらしゃがみ込むことになった。その間わずか三十秒ほどである。残りふたりは声をかけられる前に辞退した。

「分かったか。お前ら五人分の働きを工兵はしてるんだ。同じ男として少しは恥ずかしく思え。俺たちは迂回路敷設に一か月従事する予定なんだぞ。おい、これもちゃんと通訳しろよ」

作業を続ける工兵は皆たくましく、ビルマ人五人分の働きというのはあながち誇張ではなかった。なにより気力に雲泥の差があった。

「まさかとは思いますが、ここの兵隊さんも昼寝をしないのですか」

場の雰囲気にコオンテンは気圧(けお)されていた。しないと応じたとたん半ば呆然とした。なんと言っているのだと工兵軍曹が質(ただ)した。「工兵の体力に驚いているのだ」と濁せば、うさんくさげな目が返ってきた。

「まあいい。いかに体力を使う仕事か、お前からもよく言い聞かせておけよ」

次に案内されたのは、さらに一時間ほど東進した地点にある石切場(いしきりば)だった。ビルマ人の生活域からも離れ、耕地すら見あたらなくなった牛車道の先に、その殺伐とした光景は広がっていた。

「砕石までの工程をここでこなす。砕石は主に自動車道に使われる。小休止以外で休めるのは発破をかけるときくらいだ」

大岩に十字鍬を振り下ろす兵隊も、切り出された岩を鎚で砕く兵隊も、やはり上半身裸だった。常に破片が飛ぶ中では危険極まりないものの暑さに耐えられないのである。靄のごとく広がる石埃に工兵たちはおぼろに浮かんでいた。

「おいビルマ人、お前らも鎚を振るってみるか？　三分もすれば腕が痺れて泣くだろうよ」

石切場は騒音もまた苦痛である。岩肌には鎚音がこだまし続け、兵隊は耳に栓を詰めていた。おののくコオンテンたちを工兵軍曹は鼻で笑った。

「だらだら過ごしてきたビルマ人にはお灸がきつかったか。兵隊もここには音を上げるんだ。難聴になりかねないと各中隊の持ち回りになっている。俺も本部付きになるまで従事したが、まったく拷問だった。せいぜい半日が限度だな」

現場を指揮する下士官の声は必然的に大きい。声に応じて一部の者が抄車を操り、岩が砕石場まで運ばれていく。新たな岩が運ばれてくるたびに兵隊はうんざりとした顔をする。積みと砕きの違いはあっても、まさに賽の河原だった。

おりしも体調不良者が現れた。日よけのアンペラを背に鎚を振るっていた兵隊が前触れもなく倒れた。周囲の反応は鈍く、古年次兵が事務的に下士官を呼ぶと何ごともなかったかのように作業は再開された。

砕石場から担ぎ出された兵隊は天幕のひとつに寝かされた。介抱に入った下士官が工兵軍曹に目を留めた。

「お客の今後の予定は？」

「見学はもう充分です。すぐに帰します」

「ならこいつを本部まで運んでくれ。牛車を一台預ける」

倒れた兵隊は乾いた唇を力なく開けていた。他人の前で倒れたことを恥じてか「申し訳ございません」と蚊の鳴くような声を発した。

ほどなく現れた砕石運搬用の牛車に兵隊は担架ごと乗せられた。その頃には西隈も同情を禁じ得なくなっていた。動き始めた牛車に歩みを合わせながらそっと問うた。

「動力器材は申請していないのか」

「輸送船ごと沈んだだの泰緬国境の空襲で谷底に消えただのと言われている。将校も上への掛け合いに泣かされているところだ」

「工兵も因果だな」

遠ざかる石切場を振り返ると、工兵軍曹は予想に反する静かな声で答えた。

「仕方があるまい。苦労してこその工兵なんだからな」

甲種合格者の見本とされるからには酷な扱いにも文句は言えない。担架に横たわるたくましい兵隊を非力なビルマ人労務者が見おろす図は戦の皮肉を象徴していた。

「こいつら、徴兵検査なら筋骨薄弱でせいぜい丙種合格ってところだろう」

あざけりにも気がつかずコオンテンたちは無言だった。仮に日本語が理解できたとしても耳を素通りしていただろう。倒れた兵隊に同情するあまり周りの景色も見えていないのである。その目が上がるのを待って西隈は告げた。

「お前たちがもう少しがんばってくれたら、この兵隊も少しは楽になる。気休め程度だとしても回り回って負担は確実に減る」

昼寝だけでも返上してくれないかと暗に込めたつもりだった。

求めるまでもなかったのかも知れない。苦労している者を無視できる仏教徒などビルマにはいない。コオンテンも他の二名も神妙な面持ちで一度うなずいた。見学という言葉に覚えた間抜けな印象も忘れ、西隈は将校の思慮深さに感謝した。

・

ところが期待は裏切られた。労務者たちは翌日もしっかりと昼寝を取った。さすがに所長も黙っていられなかったのか、四日目の朝礼後に西隈は呼びつけられた。

「報告では見学者三名は工兵の苦労を痛感したとのことだったが、あれはわたしの聞き違いだったか？」

　報告に偽りはない。二十二名全員が認識を共有もしている。よって怠け心もない。顔つきは兵隊のそれを思わせるほどで、これまでの労務に比して集中力が高い。おかげで事故のひとつもない。

「するとますます不思議ではないか。心がけが変われば作業もはかどるはずだろう。何も兵隊並みに働けとは言っておらん。理解していながら行動に反映されないのが不可解なのだ」

　まったく素直に落胆し、「労務者には人としての手応えが感じられない」とまで所長は言った。どう答えたものかと思案したあげく西隈は分かり切っている事実を述べた。

「ビルマ人である以上は、日本軍の弁よりもカージー部落長の弁を重視せざるを得ないでしょうから」

　疲れない程度にがんばりなさい。

カージー部落長は視察時にそう声をかけていた。工兵に対していかに同情しようと、いかに奮起をうながされようと、疲れの溜まらない程度に抑えられるということである。思えば募労のむずかしさもそこにある。治安の安定も民情の掌握も、結局は各部落長の心と力しだいだった。

「山の代表者が白と言えばカラスも白か。ロボットでもあるまいに」

絶対服従を求める軍隊にあっては滑稽な表現だったが、人としての手応えが感じられないとまで口にした所長にしてみれば偽らざる思いだろう。生まれたときからこの地で暮らしてきたビルマ人のことである。忍耐に美しさを見いだし、困難への挑戦を尊ぶ日本人の感覚はまるで通用しない。

しかし西隈自身は嘆くつもりなどなかった。労務者が見積もりを超える働きをしてくれているのは事実である。ひとりも欠けずにいるだけでも大したものだろう。山のような涼風もなく、炊事婦もいない飯場生活は、兵隊にとっても楽ではなかった。

「長い目で見てはいかがでしょうか。戦が明らかに動き始めたなら泊まり込み労務は今後も間違いなくあるでしょう」

「山を恋しがる労務者はいるか」

「今のところはいません」

「支部でもひとつの試験と見てはいるのだ」

考えてみれば当然だった。期間が一週間とされたのもそれゆえだろうか。様子見としてはまず最適と言っていい。ならばなおのこと、無事故での終了を優先させねばならなかった。

ビルマに送られてきた将校が一度は抱くだろう本音を所長はぼそりと漏らした。

「せめてロンジーをズボンか軍袴に換えてくれると助かるんだがな」

出張所には単純な作業だけが充てられる。その日、新たに回されたのは新渡場の構築現場だった。

隊列は作業道をたどって森の奥深く進んだ。渡場構築となれば土木作業の規模も尋常ではない。出張所からはさらに一個班が抽出され、労務班と合わせて合計三個班になっていた。

「やはり門橋退避所の確保に手間が掛かるようです。水路を通すのは、ほとんどクリーク工事ですよ」

あちこちを走り回っているうちに吉岡は事情通になっていた。工兵でなくてよかったとの思いが表情には見て取れた。

「水路沿いの木の根がかなり厄介なようです。完成してしまえばまず理想的な渡場になると思いますが」

本来の渡場がそうであるように、多数のトラックを収容できる森を擁している必要がある。たどりついた河べりは木々が鬱蒼とし、昼なお暗いとの表現がそのまま当てはまった。もちろん風は通らない。敵機に自由を許さぬだけの飛行機さえあればとの思いが今さらながらに込み上げてならなかった。

「あ、そういえば出張所でこれを預かりました」

吉岡は封筒を取り出した。出てきた藁半紙には拙いカタカナで短文がしたためられていた。

ニシクマグンソオドノ

ゲンキカ
オレワゲンキダ
カラダニキオツケヨ
デワマタ

モンネイ

「なんだこりゃ」

「激励を思い立ったらしいのですが、カタカナを使ってもみたかったのでしょう」

子供なりに苦労を想像しているということだろう。たぶん山の全住民が想像しているのである。

「心配ないとカージー部落長が伝えたはずだがな」

「人の口に戸は立てられません。パゴダ参りのおりにもいろいろ噂が入るらしく、とにかく現場は大変だとの認識が広がっているようです」

あるいは精霊のお告げもあるのだろうか。フラウル部落の住民はドホンニョに注目しているだろうし、ドホンニョが無言でいても様子の変化には気づくだろう。

いずれにせよ人々が気を揉んでいるなら話は同じである。そつのないカージー部落長なら再視察の必要を覚えぬはずがない。今日か明日にも現れると西隈は心を構えた。

新渡場構築現場では工兵の一個小隊が鶴嘴(つるはし)を振るっていた。出張所の三個班をまとめるのは渡辺曹長である。工兵将校との調整を済ませると、「我々はまず防空壕の下準備に当たる」と作業道(とか)へ隊列を進めた。

ゆくゆくは渡河待ちの将兵が滞留することになる森である。工兵は測量を繰り返し、車両の収容箇所を考慮した上で全体を区画分けしていた。区画に応じて防空壕も分散配置される。西隈たちに割り当てられたのは腰高の雑草がはびこる一帯だった。

「草刈りと穴掘りを交代で進める。これまでどおり土嚢は掩体(えんたい)に使う。西隈、労務者を頼むぞ」

建制の維持は競争意識を多少なりとも刺激するためだった。少し見渡せば、どこかの労務班が木々越しに働いていた。ロンジーに大円匙(だいえんぴ)は似合わなかったが、どの顔も真剣だった。

対して山の労務者はやはり見劣りがした。すでに多くが肉刺(まめ)をこしらえており、ビルマ鉈を少し振るえば顔をしかめて手のひらを見るのだった。蚊が腕に止まるといちいち吹き払い、ロンジーがずり落ちそうになると巻き直し、時間とともに腰を叩く者が増えていった。

それでいながら集中力は保たれていた。見学の効果だけではなかろう。朱に交わったことで赤くなりつつあると見るのがおそらく正しい。正規労務者の働きが比較的いいのも結局はそれがためである。

土嚢がいくつかの山を作った正午前、サイレンが鳴り響いた。事実上の小休止である。手近な大木と土嚢に寄り添う形でめいめいが座り込んだ。

街道に沿っているのだろう爆音が聞こえ始め、しばらくして爆弾の炸裂音が轟(とどろ)いた。方向等から推せば先日の木材貯蔵所あたりと思われた。同じように判断したらしくコオンテンがそっと声をかけてきた。

「鋸を使っていた兵隊さんたちは大丈夫でしょうか」

この機を逃してはならないとの思いが働いたのか、深く考えぬうちに西隈の口は動いていた。

「今日からお前たちも昼寝なしだ。いいな」

労務者たちは一斉に驚いた。出し抜けに言われれば当然だろう。コオンテンにいたっては正気を疑うような目を寄越した。

「昼寝なしとはどういうことですか」

「そういうことだ。敵機が去れば去ったでまた忙しい。寝ている時間などない」

「それでは約束が違います」

「約束の破棄は詫びる。カージー部落長にも後日詫びる」

自分の背中を押しているものが何なのかよく分からなかった。ただ、今言わねば永久に言えないと体が断じていた。

「誰が正しいとか誰が誤っているとか、そういうことはどうでもいいのだ。この迂回路を早く完成させねば日本軍の被害軽減は望めないし、円滑な物資輸送も望めないし、ビルマ人の負担軽減も望めない。負担をになう主力が青壮年男子である点ではビルマも日本も同じだ。だから俺はここにいるし、お前たちもここにいる」

「西隈マスター、いけません」

負担の話ではない。山の代表者たるカージー部落長の言葉を無視してはならないとコオンテンはきっぱり咎めた。出張所全体が信用を失うとまで述べるのだった。寝食をともにするうちに心は確かに近づいていた。

「せっかく仲良くしてきたのに何もかも台無しになります」

「台無しにはならない。今日を除けばあと三日だ。お前たちが元気なまま帰宅できればそれでいいのだ」

部落長の言葉の重さを所長に強調したのは他ならぬ自分である。長い目で見るべきだと進言したのも自分である。労務者は不評を買うくらいでちょうどいいと西隈自身どこかで開き直っていた。工兵との板挟みになるのも所長の仕事と位置づけ、同情する必要はないとも思っていた。工兵が何人倒れようと仕方がないと割り切ってもいた。

ならばなぜこんな横紙破りに出るのだろう。考えるより先に動く口が不思議でならなかった。

「俺を軽蔑するか？　身勝手だと思うか？」

そんな質問には答えようがありませんとコオンテンは目をそらした。

「なぜ答えようがないのだ」

「カージー部落長に聞いてください」

「俺はお前に聞いているのだ」

個人的なやりとりには常にもどかしさが絡みつく。コオンテンの目を山の住民の目とみなし、西隈の目を出張所の目とみなし、互いが私情を極力排してきたのは紛れもない事実だった。

「ちょっと来い」

コオンテンのシャツを摑んで西隈は土嚢の山から離れた。名も知らぬ常緑樹の幹にコオンテンを押しつけ、「吸え」とタバコを一本与えてから改めて返答を迫った。

「お前や他の労務者がどう言おうと俺はもう決めた。今後は昼寝を取らせない。兵隊と同じように働いてもらう。さあどう思う。俺を軽蔑するか？　身勝手だと思うか？」

「なぜそんなことを言い出すのですか」

「ここらで腹を割ろう。俺たちは互いをよく知っているわけではない。根ほり葉ほり質問できるほど親密なわけでもないし、日頃から顔を合わせているわけでもない」

「巡回でも労務でも顔を合わせています」

「それは軍務の必要からだ」

冷たい言いぐさには違いなくとも確かにすべては軍務の必要からだった。つまり自分の意志ではない。「俺はもう決めた」と繰り返し、それが自分の意志であることを西隈は明言した。

「ようするに個人として訊いているのだ。お前らに昼寝を取らせないと俺は決めたのだ。さあどう思う。正直なところを聞かせろ」

「別に昼寝なんか取らなくても死にはしません。日に三度も食事を摂っていますし」

「構わないのだな」

「ですがカージー部落長が」

先刻よりもいくらか遠い炸裂音が割り込んだ。この付近に対する空襲はいつも同じである。旧雅橋の上空を過ぎたあと敵機は旋回を繰り返す。その時点で地上からは人の姿が消えている。爆弾の投下が終われば機銃掃射が始まる。

ロボットとの比喩を使った所長を思い返すと、敵も味方もビルマ人も似たようなものだと思わざるを得なかった。習慣は定められた手順と言い換えることもできるだろう。誰もが先例を念頭に置き、年長者の弁を重視する必要を学んだ上で成人になる。

太陽の高い間の仕事は体への負担が大きい。ならば休むのが合理的だとビルマ人は昔から昼寝を取ってきた。合理や習慣を大切にする人間がロボットと呼ばれるなら、社会はきっとロボットを求めているのだった。

コオンテンのタバコに西隈は火を向けた。

「お前の案じる通り、カージー部落長は少しの例外も認めまい。責任がある。昼寝を取り上げたと知れば憤る。結果として俺はカージー部落長とケンカするだろう」

「西隈マスター、ではこうしましょう。昼寝は取りません。けど取ったことにします」

ありがたい申し出であるはずだったが西隈は拒否した。そういうことではないとの思いが胸に渦巻いていた。とにかく今日から昼寝は取らせないと重ね、余計な気遣いは無用だと押しかぶせた。

「いいなコオンテン、他の者にも言っておけ。お前らはただ俺の言う通り労務に従事すればいいのだ。部落長が来れば正直に答えればいいのだ」

手が痛ければ痛いと答え、腰が痛ければ痛いと答え、眠ければ睡眠が足りないと答えるよう畳みかけたとき、これは住民掛の必然だと思った。より具体的に言えば、しわ寄せを受ける現場の必然である。いざカージー部落長に詰問されたときどう答えるかはあえて考えないことにした。

・

空襲警報の解除とともに全人員が被災者救護に駆り出されることになった。午後の日差しはきつく、疲れた人間にとって駆け足はとりわけ酷だった。足にまとわりつき、ずり落ちるロンジーで長距離を駆けるのは、どだい無理である。西隈たちは本隊から遅れて被爆現場のひとつに達着した。

あのインド人のコーヒー屋台に近い林だった。近づくほどにビルマ人が増え、現場を封鎖する憲兵の声が大きくなった。語弊のある言い方ではあろうが、被爆地には一種独特の興奮が漂う。内地の人々が見せる火災時の興奮とまったく同じである。忙しげに担架を運ぶ兵隊は切迫感の濃い顔に気負いを漲（みなぎ）らせ、ビルマ人は野次馬根性を発揮して群がっていた。

落葉の燻る林に踏み込んだとたん労務者たちは顔を強ばらせた。応急処置を施された負傷者が木漏れ日を避ける形で並べられていた。近くに野戦倉庫があるわけでもなく、敵機が何を狙ったのか見当もつかなかった。

「誤爆と思いたいところだがな」

先着していた渡辺曹長は、はっきりと沈んだ声でそう言った。すでにいくつかの死体を見たことが知れる表情だった。重体者と重傷者から救護所へ運んでいるという。この場を仕切る憲兵将校の指揮下にひとまず入って兵隊たちは走り回っていた。

「運が悪かった。コーヒー屋台と街道にいたビルマ人が集団で避難したところだったらしい」

「担送の手はずは？」

「お前は引き続き労務者の指揮を執れ。軽傷者の担送に充てるよう所長殿から指示が出ている。街道の南にも大穴が穿たれていてな、ヘジからのトラックが入ってこられんのだ」

急造担架に寝かされたビルマ人のもとへ回された。軽傷とはいえ比較の問題でしかない。足や胴に爆片を受けた負傷者は巻かれた包帯に血を広げていた。

うめき声の上がる中、衛生下士官の差配を経て五名の負傷者が割り当てられた。労務者たちはおぼつかない手で担架をかかえた。

「行くぞ。余計なものは見るな。担送に集中しろ」

林を出たとたん肉親を捜す人々が群がろうとした。憲兵が確保した通路を抜けたあとは、トラックが滞っているはずの弾痕(だんこん)を目指してひたすら歩いた。

昼寝どころか、今日は夜も満足に寝られまい。被災者救護に一段落つけば街道復旧作業が始まる。それらのことはコオンテンたちも覚悟しているはずだった。

「西隈マスター、イングリの飛行機はビルマ人を狙ったのでしょうか」

苦しくなるほどに募労が増える。募労が増えるほどに苦しくなる。今はまだいいとしても焼畑や田植えの時期に入れば労務参加者は否応なく数を減らす。それでも募労は続けねばならない。男手を頻繁に取られる百姓部落はしだいに兵站勤務者を疎んじる。いずれは婦人や老人も反感を覚える。

昼寝の取り上げはそうした悪循環の第一歩であるような気がした。敵機が去ったからにはカージー部落長はじきに現れる。そのときは決心を包み隠さず告げねばならなかった。

街道のど真ん中に穿たれた弾痕と、堰(せ)き止められたトラックを見て、担架の列を迂回させた。早くも工兵が埋め戻しにかかっており、モッコを担ぐ兵隊が行き来していた。

一定数の担架を積むと輜重(しちょう)のトラックは発進した。軽傷者はさしあたって兵站宿舎に入れられる予定のようだった。

「みんなご苦労だった。だが休んでいる暇はない。列を整えろ」

駆け足のあとに担架を運べば誰もがくたくただった。にもかかわらず戸惑う者はなかった。ロンジーを一斉に巻き直した労務者たちは、入営間もない初年兵のごとく二列縦隊を作った。

カージー部落長はあえてそれらを観察していたと思われる。隊列に前進をかけようとしたとき西隈は呼び止められた。

「マスター、少し待ってもらえますか。少しで結構です」

街道脇の牛車から降り、カージー部落長は悲しげな顔で歩み寄ってきた。空襲を見て出て来たにしてはむろん早すぎる。風聞による不安は想像以上に大きいと考えねばならなかった。

「コオンテン、お前が引率して被爆現場まで一足先に戻れ」

カージー部落長の現れたことにコオンテンはあからさまにうろたえていた。本当にケンカが始まると案じたのか「我々にも少し話をさせてください」と言った。

「そんな暇はない。早く戻れ。お前らの歩度など知れている。すぐに追いつく」

牛車の御者はカージー部落の少年だった。汚れた衣服と疲れた顔の労務者たちに、その表情はいかにも複雑だった。言うなれば入営後の兄に面会した弟の表情である。不格好ながらも隊列を作り直すコオンテンたちの姿は、それこそ人が変わったように見えただろう。

朱に交わり赤くなりつつあるとの印象は外れていない。被爆現場へ戻っていく労務者を無言で見送るとカージー部落長は落胆の声で言った。

「チボー部落のモンネイと同じ理屈です。マスターたちとの距離が縮めばどうしても兵隊のようになってしまう。家族から離れた男たちをすっかり変えてしまうのが軍隊なのでしょう」

「兵隊仕事をしているように見えるならとんだ誤解だ。労務者にはきつい仕事はやらせていない」

「あんなに疲れた若者たちを見るのは初めてです。疲れていながら休もうとしないなどあり得ないことです」

空襲は関係ない。あなたは労務者から昼寝を取り上げた。それは約束の反故（ほご）だとの指摘がなされた。

「西隈マスター、どう言い訳するつもりですか」

「言い訳などしない。空襲があろうとなかろうと今日から昼寝は取らせないつもりだった」

カージー部落長は眉ひとつ動かさなかった。

「所長さんの命令ですね？　失礼ながら西隈マスター、勝手に昼寝を取り上げる権限などあなたにあるわけがない」

「俺の意志で取り上げたのだ。たかが昼寝だ。いちいち許可を得る必要などない」

「たかが昼寝と本当に思っているのでしたら、わたしはあなたに幻滅します」

「幻滅するならすればいい。俺はいま労務者の指揮を執っている。体力は把握している。昼寝を取り上げたところで誰も倒れやしない」

「確かにあなたは我々をよく把握している」

余暇を得るたびに各部落の名簿を取り出し、住民の名前を頭に叩き込んできた西隈を見通しているかのような声だった。「あなたのビルマ語は大変分かりやすい」と視線をそらし、なぜかカージー部落長は西隈の編上靴（へんじょうか）を見つめた。

「もちろん発音にはおかしなところがあります。ですが不自由はない。あなたのことだ、初めて聞いた単語はそのつど忘れぬよう努めてきたのでしょう。下ビルマの訛（なま）りがわずかにありますから最初の勤務地はラングーン辺りだったのでしょう」

「山の代表者であろうとそうしたことを質してはならない」

「勤務地が変わるたびに相応の努力をしてきたことは分かると言っているだけです。誰が見ても分かることですよ。子供にも分かるでしょう。だからこそ親しみを覚えるのです。日本語を使うビルマ人にあなた方が親しみを覚えるように」

「何が言いたい」

俺は忙しいのだと込めてぞんざいに返すと自分が情けなく思えた。約束の破棄をひたすら詰(なじ)ってくれるほうがよほどありがたかった。人を恨むことを知らないビルマ人と接するたびに自分の程度を思い知らされるような気がした。

「部落長、日本人は無駄な時間を嫌うのだ。ロンジーをはいた人々に歩調を合わせていては軍務などつとまらんのだ」

「あなたは我々をよく理解している。昼寝の重要性もちゃんと分かっている。ビルマ人がなぜロンジーをはき続けるのかも分かっている。労務にあたって尻からげにしないのも、軍の衣服を拒否するのも、年長者の指示だと薄々気づいているでしょう。どこの労務班もそうなのですから」

分かっていながら無視せねばならないことに同情を覚えるとの言葉が続いた。たぶんにかねてからの思いだろう。新たに現れた担架にもカージー部落長は無反応だった。

「昼寝を取り上げれば信用が傷つくのですから、これまでの仕事をあなたは自分で無駄にしかねない。それはとても不幸なことです」

「あんたが日本軍の信用を気にかけているとは知らなかった」

「日本軍の信用を言っているのではありません。日本軍の任務遂行が困難になると言っているのです。疲れの溜まるほどにマラリアをはじめとする病気の発症確率が高まる。

それでは元も子もないはずです。日本軍はなんのためにペストの予防接種をして回ったのですか？」

輜重のトラックが新たに現れて負傷者を積み込み始めた。主に夜間を輸送にあてている輜重兵は昼夜が逆転している。仮眠中を叩き起こされたものらしく、操縦手はハンドルにもたれかかって発進の指示を待っていた。

疲れていない兵隊などいない。

輜重兵に担架をあずけた兵隊のひとりが唐突にへたり込んだ。トラックの荷台にかけようとした手があえなく空を切り、街道上に両膝をつき、兵隊はそのまま立ち上がれなくなった。本人は早くから体調不良に気づいていたはずである。班長に怒鳴られたくない一心で自分を叱咤していたのである。仲間に支えられ、やがて林の木陰に寝かされた。

「あんなに疲れていては病死どころか斃死の恐れすらある。違いますか、西隈マスター」

疲れない程度に。

ビルマにおける労働の鉄則と言っていいのだろう。蚊はどこにでもいる。日本兵の体にもマラリア原虫が入り込んでいる。予防策を講じても発病と死を防ぎきることはできなかった。

「日本の兵隊さんの体力と気力には敬服します。戦争というものが一か月や二か月で終わるものなら日本軍は間違いなく世界一強いでしょう。ですが、ビルマでの戦いが始まってもう二年になろうとしている。その間にどれくらいの兵隊さんが病死したでしょう。辛抱を美徳と考え、休むことを罪悪のように考え、そうして体を壊すまで働いてしまう。これほど愚かしいことはありません」

任務をまっとうしたければ、そして戦争に勝ちたければ、日本軍も昼寝の習慣を持つべきである。むしろビルマ人に染まるべきである。部落長はそう言っているのだった。

「なんでしたら兵隊さんもロンジーをはいてはいかがですか」

ロンジーほど簡素な衣服もなかなかあるまい。それをもって手間を惜しむ国民性の象徴と指摘する向きは一面の事実しか見ていない。通気性を確保しながら蚊に刺されにくいという意味ではまったく完成されている。日本兵が悩まされる下半身の皮膚病ともビルマ人は無縁だった。

さらに重要な事実がある。

肉体労働に向かないどころか、ロンジーは満足な駆け足すら許さない。つまりは急激な体力消耗を許さない。バンドの類を通すための施しがなされないのも、そこに理由があるのではなかろうか。運動で結び目が緩むたびにビルマ人は一息入れているのである。

「西隈マスター、物事は長い目で見るべきです。あなたの人生は長いし、戦争の先も長いでしょう。これからが本番という噂もよく聞かれます」

「そうしたことも口にしてはならない。承伏はできないだろうが日本軍の実状などあんたは他人事として見ていればいいのだ」

負傷者を積んだトラックが発進すると弾痕の埋め戻しに動く人々がにわかに増えた。問答などしている時間はなかった。

「あずかった労務者の健康管理については俺の責任だ。昼寝を取り上げたことは詫びる。だがな部落長、労務者を兵隊に仕立てているようにみなすのは間違いだ。たとえ労務者が我々に染まるようなことがあってもちゃんと部落には帰す。全員を元気なまま帰す。だから余計なことは吹聴して回るな」

「吹聴などしません。山の人々の心の安定はわたしの仕事ですから」

先ほど倒れた兵隊には起きあがる兆しがなかった。懸命に風を送っていた仲間たちは、カージー部落長が乗ってきた牛車に目を留めると御者に声をかけた。

乗せてあげなさいとカージー部落長は迷うことなく命じた。西隈の通訳を経て兵隊は荷台に横たえられた。

「ささやかながらも救護に手を貸せるわけですから出てきた甲斐(かい)はありました。ですが西隈マスター、あなたや出張所のみなさんが乗った担架を運ぶようなことはできるならしたくありません」

怠惰(たいだ)に見えるビルマ人の暮らしぶりは、疫病のはびこる地における知恵の集大成である。先人が体で学んで得た大切な習慣である。西隈の顔に覚悟でも見たのか「くれぐれも体には気をつけてください」とカージー部落長は牛車に乗り込んだ。山の代表に選ばれるだけのことは確かにあり、それでなくとも仏教徒のひとりだった。助言とも忠告とも取れる言葉を最後に残した。

「軍務や衣服を変えられないなら、せめて気苦労を背負い込まぬよう努めることです」

ロボットでいるべきだと言われたような気がした。疲労や病気を知らぬ体は望みようがないとしても、命令でのみ動いていれば気が楽なのは間違いのないことだった。

昼寝の取り上げを自分の意志とわざわざ明言する軍人は要領が悪い。被爆現場へと駆け戻りながらその点で西隈は反省した。

客観的な指摘をないがしろにする者は愚かだろう。気遣いを受けるほどに自分も疲れて見えるのである。息が切れ始めたとき自然と歩度が縮んでいた。

ビルマに見た夢

フーコン谷地にある前任部隊から土崎（つちざき）と名乗る軍曹が訪ねてきたのは、凧（たこ）作り教室を開いた日のことである。

年を越せばいよいよウ号作戦の準備に拍車がかかると兵站（へいたん）は慌ただしくなっていた。いつまた街道に駆り出されるやも知れず、暇をみて正月準備を進めておけというのが所長からの指示だった。集まった子供たちを連れて西隈（にしくま）は竹林へ向かった。

「竹ヲ何に使うノダ」

「籤（ひご）というものを作る。凧の骨組みにする」

ヒゴとつぶやいてモンネイは「フム」とうなずいた。凧の知識はあっても遊びとしては定着していなかった。前任部隊が普及させたものといえば、あやとりやケンケンなど手軽なものばかりである。

ビルマと違い日本では再来週に新年を迎える。門松を立て、餅を食い、凧を揚げ、コマを回す。それらを語りつつ西隈は生活道を先導した。瘤牛（こぶうし）の放された草地の先は一面の竹である。適当な一本を調達してくるよう告げると子供たちはビルマ鉈を手に散った。モンネイはいつでも働きがいい。幼年の面倒を甲斐甲斐しく見て回り、それぞれに青竹を担わせた。東屋に戻れば戻ったで、西隈の指示を待たず兵用ナイフを配りもした。無闇に触らぬよう注意まで与えるのだからまるで助教だった。

「よし。ではいよいよ籤を作る。急いてはし損じるぞ。あくまでナイフは固定したまま、竹をそっと引いて舐めるように削っていくのだ」

手本となる一本をこしらえるうちに子供たちの目は真剣みを帯びた。

「竹細工の基本だ。覚えておけばいろいろと応用が利く。これくらいの弾力でいい。節目は折れやすいから気をつけろ。ではかかれ」

内地では訓導をしている兵隊がビルマにひとつの理想を見たとの話もあながち大げさではないのだろう。子供たちはことごとく素直で、学習それ自体に本能的な喜びを覚えている。パゴダ参りのたまものか、無心となることに慣れ、集中力が高い。いくらも経たぬうちに東屋は竹を削る音に占められた。

気がつけば赤犬がそばにいた。洗い物を済ませた炊事婦がおりよくやってきて、残飯を包んだ椰子の葉を足元に広げた。出張所へ日常的に出入りする非軍人はこれで勢揃いしたことになる。前任部隊の軍曹はさぞかし安堵していると思われた。

ただし、炊事婦が浮かない表情をしているのはいただけなかった。なんのつもりか炊事婦は「マスター、お話があります」と東屋から離れた。そして、やにわに西隈をなじり始めた。

「マスターも本当は冷たい人なんでしょうね。いいえ、言い訳なんかしなくて結構です。わたしには分かるんです。西隈マスターは冷たい人なんです」

深い溜息とともに視線が外された。冷たいか温かいかはともかく、そんなことを言われる心当たりがまったくなかった。炊事婦は本部小屋の前に停められた一台の牛車を不愉快げに指し示した。

「マスター、あの立派な牛車はなんですか。正直に言ってください」

荷台が幌で覆われた牛車である。街道でときおり見かけるタクシー型だった。

「さっきやって来た牛車だ」

「またそんな風にとぼけて。西隈マスターはなんてひどい人なのでしょう。誰が来たのかとわたしは訊いているのです」

「どこかの兵隊さんだそうだ。渡辺曹長殿のお知り合いらしい」

「偉い人なんでしょう。いいえ、否定しても無駄です。わたしには分かるんです。きっと偉い人なんです。いつですか？　兵隊さんが入れ替わるのでしょう？　正直に言ってください。いつですか？」

摑みかからんばかりに顔が寄せられた。西隈たちが近々移駐すると炊事婦はなぜか思い込んでいた。

「そんな勘違いの生じる理由が俺にはさっぱり見えないのだが」

「またとぼけて。わたしには分かるんです。前の兵隊さんたちがいなくなったときもそうでしたから」

炊事婦は前任部隊の駐屯開始から間もなく雇われたと聞いている。仕事への愛着は強い。勘違いのあげく目を潤(うる)ませた。

「西隈マスター、わたしの食事はおいしいですか」

大変おいしい。ビルマ料理に慣れきらずにいた者も、この炊事婦が作る食事には喜んでいる。

「そうなんです。兵隊さんはみんなおいしいと言うんです。日本人はお湯を捨てないまま米を炊きあげるというから最初は変な人たちだと思いました。唐辛子は少なめが良くて、塩は心もち多めが良くて、豚や筍は粉醬油を溶かしたお湯で煮込むのが良くて、そういうことを覚えるのにずいぶんと時間がかかりました。ですけど、おいしいおいしいと言ってくれるからわたしはとても嬉しかったのです」

今にも落涙(らくるい)しそうな炊事婦に何人かの子がいぶかしげに振り返った。幼い子はぽかんとしていたが、それなりの年齢の子は男女のあれこれを邪推(じゃすい)しているように見えた。

制する西隈を無視して炊事婦はまくしたてた。

「前の兵隊さんたちもおいしいおいしいと喜んでいたのに、ある日突然さようならとどこかに行ってしまったんです。部落長の誕生日を祝うとか言って食材をいろいろ吟味させておきながら急に引っ越しちゃったんです。まったく馬鹿にしています。西隈マスターも、おいしいおいしいと言いながらどこかへ行く支度を始めているに違いないのです。わたしを捨てて消えてしまうのです」

見かけぬ牛車が出入りするようになったと思う間に別れの日を迎えたというのが偽らざるところなのだろう。たとえ別れの宴(うたげ)を催す余裕があっても移駐はぎりぎりまで伏せられるのが常である。そうした気配すら見せないことに将兵も慣れている。

裏切られたように感じるのは当然だし、それは炊事婦に限った話でもあるまい。移駐の予定などないことを繰り返しても炊事婦は聞く耳を持たなかった。

「つくろっても無駄です。わたしには分かるんです」

「とにかく誤解だ。あんたを騙すつもりなんかこれっぽっちもないし、騙すために食事を誉(ほ)めているのでもない」

「では、あの立派な牛車はどういうことですか」

「だから渡辺曹長殿のお知り合いが訪ねて来ただけだ」

それればかりは嘘である。西隈の顔を直視したまま炊事婦は怒気(どき)をのぞかせた。

「ほら、嘘をついてるからどこかぎこちないのです。目をそらさないように努力しているのです」

　抵抗しても疲れるだけだった。どう考えても直感がすべての婦人である。部落全体を家族ととらえる感覚からすれば西隈たちは親戚くらいの位置づけだろう。忙しなくセレをくわえると炊事婦は鼻をぐすんと鳴らした。

・

「そんな誤解を招くとは想像もしていませんでした」

　悪いことをしたと土崎軍曹は詫びた。一方で、まるで変わるところのない炊事婦やモンネイの様子には喜びもひとしおであるようだった。はね上げ式の窓から東屋をうかがい続けていた。

「世話好きな人ですから大いに助けられたのですが、炊事婦さんは情の厚すぎるきらいがあるのです」

「我々も大いに助けられている」

　土崎軍曹が丸椅子にかけ直すのを待って渡辺曹長は茶のおかわりをすすめた。

「和風のビルマ料理など我々もここで初めて食った。聞けば前任部隊の好みに合わせて工夫したというじゃないか。実にありがたい炊事婦だよ」

「ですが曹長殿、我々も注文を付けたわけではないのです。炊事婦さんのほうから押しかけて来て、食事を出すたびに感想を求めたのです」

土崎軍曹によれば炊事婦が雇用に至った経緯はこうだった。

亭主をマラリアで失って以来寂しく暮らしていたところに戦（いくさ）がやって来た。日本軍からも英印軍からも死者が出た現実を前にして炊事婦は心の区切りをつけることにした。親しい者の死を乗り越えて生きるのが人の定めである。さりとて女ひとりではいつまで百姓を続けられるか分からない。先々を思案したあげく、日本人と親しくしていれば何かと都合が良かろうとの結論に達した。食事ならば毎日のことだし、日本式の味付けを覚えておけば重宝がられるだろう。たとえ兵隊が引っ越しても街道を通る日本軍は絶えまい。ならば兵站宿舎でも雇ってもらえるかも知れないし、その気になれば食堂も開ける。

「むしろ日本式料理を覚えるために炊事婦になった形です」

土崎軍曹の属する部隊は、戡定（かんてい）作戦終了後のしばらくをシャン州に駐屯した後この地へ移駐してきた。十か月ほど前のことである。その頃には治安もすっかり安定しており、現地人の雇用が促進されていたという。

「雇ってみたらまず理想的な人でした。炊事婦さんもやり甲斐を覚えたようで腕がめきめき上がりました」

「すると百姓はやめるつもりでいるのか」

「雇用から三か月ほどが過ぎた頃にはそのつもりになっていたようです。後家さんが旅館に住み込むようなものでしょうか」

そんな炊事婦を中津嶋少尉が諭したという。

「うちの小隊長殿はこう言って聞かせました。あんたの判断は正しい。日本式の味付けを覚えたビルマ人はどこに行っても需要がある。ここにずっといてくれたら自分らも非常に助かる。しかし今は世界中が戦の真っ直中にある。何がどうなるか誰にも予測がつかない。耕地は耕地で持っていろと」

土地を巡るいさかいのないことは、ここに暮らす者の最大の強みである。特技を持つ者が重宝がられるのは確かでも変動への耐性という点において百姓に勝る職業はない。

「炊事婦仕事は小遣い稼ぎのつもりでいなさいと根気よく言い聞かせたのです」

「納得していましたか」

渡辺曹長を差し置いて西隈は思わず訊いた。「ええ」と答えながら土崎軍曹はまた窓辺に立った。

「思い込みが激しいのも、世話好きなのも、一途な証拠でしょう。駐屯地の最上級者に説諭されたとなれば炊事婦さんも納得しないわけにはいかなかったようです。またいい相手が見つかるかも知れないとほのめかされたら返す言葉もないようでした」

中津嶋少尉がじきじきに諭したのは憂いを残さぬためでもあろう。蔣介石を偉人と認める将校は、やがて訪れる連合軍の反抗を早くから見据えていたはずである。

今日、土崎軍曹が現れた理由もおそらくそこにある。本人いわく「ヘジの兵站宿舎で手配したトラックまで時間があるので寄らせていただきました」とのことだったが、中津嶋少尉から何かしらの指示を受けているように感じられてならなかった。

「西隈軍曹、わざわざ子供たちを集めてもらって感謝にたえません。遠目に様子を確かめたらお暇するつもりでいたのですが」

「ついでのことですよ。ちょうど凧作り教室を開く予定だったのです」

「兵站さんもこの頃は大変でしょう。敵機はすっかり調子に乗っていますから」

フーコン谷地からここまでの行程では被爆の跡も多く見ただろう。旧雅橋の迂回路敷設はまだ続いており、どこへ行っても工兵と労務者の姿があった。

「第一線部隊の苦労にはおよばんよ」

渡辺曹長はタバコをくわえた。兵站線上にあれば前線の非公式な様相も伝わってくる。これまでのような簡単な戦ではないとの風聞も日ごとに増えていた。

風聞を裏付けるかのごとく土崎軍曹には苦労が滲んでいる。軍衣袴にほつれがあるわけではないし汚れているわけでもない。ひげもきっちりとあたられていれば頭髪も綺麗に刈られている。にもかかわらず野戦のにおいが濃厚である。補充兵受領のためマンダレーの連絡所までおもむく途中だという。言動への注意を受けているのか、「敵は強いか」と問われると思案の間が取られた。

「米式支那軍と重慶軍はまったく別の軍隊です。支那兵と舐めてかかる者はもういません」

　米式支那軍がフーコン谷地に侵入したのは十月の終わりである。これまでもアラカンや雲南で敵の侵入はあったが、友軍はそのつど撃退してきた。フーコン谷地ではしかし、一か月半が経過した今も戦いは激化を続けている。

　ビルマ人からも未開と呼ばれる地だった。兵站線の維持も容易ではあるまい。河は多く、橋はなく、乾期であろうと使える車道はほとんどない。師団の輜重と行李だけでは弾薬の輸送量すら不充分ではなかろうか。

「支那兵は制空権と豊富な火力に勇気づけられています。ですが前進速度そのものは知れています。学びながら戦っているのです」

　また窓辺に立って土崎軍曹は外を見た。不安を拭いきれない炊事婦は、土崎軍曹が乗ってきた牛車にときおり疑念の目を向けていた。その足元には残飯を食べ終えた赤犬が寝そべっていた。

「ハチも相変わらずのようですね」

「そんなたいそうな名がつけられていたのですか」

忠犬とは言いがたい。日々を寝て過ごすだけの赤犬には軍犬の要素もなかった。

「八紘一宇から取りました。ぼんやりしていますがあれは肝の太い犬です。いくら衛兵勤務者が追い払っても懲りず、いつの間にか居着いてしまったのです」

異国の人間にあっさり馴染むところは八紘一宇の精神に通じると理屈づけて中津嶋少尉が名付けたのだという。情がうつったからである。

「顔を合わせなくてもいいですか」

ハチはさておき住民とは再会を喜びたかろう。モンネイも炊事婦も前任部隊の移駐をいまだに引きずっている。「合わせるべきではありません」と土崎軍曹はきっぱり答えた。

「ヘジでも本当は迷ったのですが、通りかかった幌牛車に助けられる形になりました。これ以上ご迷惑はかけられません」

トラックは日没とともに出発する予定だという。連れは兵隊がひとりだけであるらしいが、いかに身軽であろうと寸断されがちな兵站事情ではどこで足止めを食うか分からない。順調に行ってもマンダレーまではあと数日かかるはずだった。

「ありがとうございました。戻ります」

牛車を裏口へ呼び寄せて土崎軍曹はそそくさと乗り込んだ。炊事婦が疑念を抱いているからには迂闊に見送れず、西隈たちは遠ざかる車輪音だけを聞いた。

表情を消し、渡辺曹長はまたタバコをくわえた。

「兵隊も苦しかろうが閣下と呼ばれる方々も苦しかろう。じきにウ号作戦が始まればフーコン谷地には増援も送れまい。むしろフーコン谷地に敵を引きつけておく算段かも知れん」

妥当な解釈である。兵站勤務者が気にかけたところで意味はないとしても、いざという場合に慌てぬよう意識しておく必要はありそうだった。

先日迎えた大東亜戦争開戦二周年記念日も華やかさに欠けた。いくぶん長い朝礼と北東遥拝があった他は、落雁(らくがん)を主材料にしたぜんざいもどきが配られただけである。

「正月準備どころではないのかも知れませんね」

「来週、ムントウから鏡餅と日本酒を受領する予定だ。ご苦労だが、お前が行って来い。出張所では餅つきもできまいと支部長殿は気にかけておられる」

フーコン谷地の敵を撃退したとの快報を来年は得たいものだと西隈は思った。

・

それがかないそうにない兆候を週末にふたつ見ることになった。ひとつはドラム缶輸送で、もうひとつは伝単の撒布(さんぷ)である。

野戦倉庫まで案内人を一名出せとの命令は当然のごとく西隈に下ってきた。輸送案内自体は珍しくないものの物資がドラム缶というのは初めてだった。しかも工兵の野戦倉庫に入れる予定だという。「ヘジまで行けば詳しいことが分かるだろう」と言いつつ所長もいくらか怪訝そうだった。

町と呼ばれていてもヘジの程度は知れている。マーケットがなければむしろ閑散として見えるのではなかろうか。目につくのは兵隊ばかりだった。

「ご苦労さまです。兵站警備チボー出張所、西隈軍曹であります。ご案内に上がりました」

三九式輜重車を水牛に曳かせる隊が宿舎前で退屈そうにしていた。指揮を執っているのは一目で予備役と知れる老中尉だった。だからというわけではなかろうが物腰は柔らかかった。

「なにぶんここまでの北上は未経験でほとほと参っていたところだよ。道路は穴だらけだな」

「勤務地はどちらでありますか？」

「シュエボの北だ。状況にさほど差はないがね」

聞いたことのない村名が口にされた。ドラム缶はさる支廠から出されたものであるという。実質距離で言えば二百キロ近くを北上してきたことになる。頻繁に水浴びをさせねばならない水牛では苦労も並大抵ではなかったろう。瘤牛を調達できなかった隊がやむなく使う家畜である。合計十両の輜重車にドラム缶は三本ずつ積まれていた。

「中身はなんでありますか」

「空だ」

何か詰まっていたらとてもここまでは来られなかったと中尉は笑った。早いところ任務を終えたいらしく「では行こう」と隊をうながした。

補修跡の生々しい街道を水牛隊はのろのろと進んだ。見知らぬ隊との時間は情報交換のできる点で有益である。輸送案内に下士官が指名されがちなのはそのためだった。シユエボの北で勤務しているだけあって、中尉はイラワジ河の渡場にもそこそこ通じていた。

「渡河（とか）点の前後はごったがえしているよ。十五軍の全体が動いているからな。どこの隊も宿泊と給養の手配でてんてこ舞いだ。野戦憲兵は防諜（ぼうちょう）防諜と叫んでいるが、そんなものを気にしていたら任務はこなせん。いかにビルマ人の気がよかろうと一個軍の移動は支えられない」

イラワジ河の大鉄橋は戡定作戦時に敵の手で爆破された。その影響は極めて大きく、友軍は膨大な時間と労力を取られることになった。マンダレーまで鉄道で運ばれた物資はトラックに積み替えねばならない。イラワジ河まで運ばれたあとは門橋に積み替えねばならない。河を渡れば再びトラックに積み替えねばならない。そしてサガインの駅で貨車に積み替えねばならない。想像するだに気が遠くなる作業の連続である。輸送が戦況を決めるなら戦争はそれこそ輸送合戦だった。

おり悪くサイレンの音が聞こえてきて「またか」という声が隊列からあがった。サイレンの意味を学習している水牛がにわかに騒ぎ始めた。

「列を乱すな。西隈軍曹、手近な退避所はどこだ」

「この先に、応急の道をつけた窪地があります」

誘導中も水牛は心細げに鳴いた。なだめる御兵(ぎょへい)の努力もむなしく、爆音が近づいてきたとき一頭が暴れ出した。手綱(たづな)を振り切るや否や水牛は林の奥へ向かって駆け、その勢いに輜重車が横転し、ドラム缶が音を立てて転がった。御兵たちに取り囲まれても水牛はうろたえ続けた。

幸いにして、近づいてくる爆音は街道荒らしのそれではなかった。爆弾の投下も機銃掃射もなく、横転した輜重車の点検を命じたあと中尉はやれやれと汗を拭った。

「十五軍は多くの瘤牛に荷を積んで印緬(いんめん)国境を目指すらしい。足りない分は水牛で補うそうだ。実際、水牛に駄載訓練を施している隊もある。だが、これはとても戦に使える家畜ではないよ」

いざウ号作戦が始まれば瘤牛も水牛もチンドウィン河を泳がせねばならない。首尾良くチンドウィン河を渡れてもアラカン山系が待っている。インパール盆地は遠い。峻険(しゅんけん)な山の道を牛がどこまで歩けるか甚だ疑問である。重い弾薬や糧秣(りょうまつ)を背負っていれば平地であっても長距離行軍は至難だろう。

ウ号作戦を思うほどに憂いは増すらしい。水牛隊を指揮し、肌身を通してその苦労を知っている者ゆえの不安が中尉には露(あら)わだった。

「この地の民情はどうだね」

「良好です。小さな問題はありますが住民は労務に出てくれます。我が出張所は新年も住民と祝う予定です」

「老婆心ながら、戦に過度な期待は持たせないほうがいいぞ。勤務の必要を考えればむずかしかろうが期待を裏切る結果になればかえって良くない」

空のドラム缶を運ぶという任務に使われればそれなりに矜持(きょうじ)を傷つけられるだろう。初対面の相手にわざわざ助言するのはドラム缶の用途に想像がついているからだと思われた。

「伝単です」

御兵のひとりが空を指した。舞い落ちてくる無数の紙切れを梢(こずえ)越しに見て中尉はひとつ舌打ちした。それこそを最も恐れていたような表情だった。

街道には、拾い上げるビルマ人の姿がいくつかあった。驚いたことに全文がビルマ語で綴られている伝単だった。

「読むな。拾ってはならん」

どこからか駆けてきた憲兵下士官がビルマ語で怒鳴った。思いがけない毅然とした態度で中尉が咎めた。

「これだけ撒かれたのだ。街道沿いの林にも大量に流れている。読むなと言ったところでどうにもなるまい」

「おっしゃる通りですが自由に拾わせるわけにはいきません。中尉殿、ご多忙のところ申し訳ありませんが回収にご協力願います」

仕方がないとの様子で中尉は兵を四方へ走らせた。その上で正論を口にした。

「ビルマ人にも回収させるべきだろう。読むなと言えば内容に信憑性を与えかねない。ビルマ語の伝単などわたしは初めて見た」

「中尉殿はビルマ文字が読めるのでありますか」

「文面の問題ではない。貴官の職務は分かるが、ここで感情的になっては敵を喜ばせるだけだ」

憲兵の了解を待たずに中尉は「伝単を拾い集めてくれ」とビルマ人たちに告げた。憲兵によれば敵機は三機だった。複数機での伝単撒布はいかに物量を誇る敵でもまずないことで、内容には相当な力が入っていると想像された。

「銃爆撃してくれるほうがありがたいと言えば不謹慎か」

中尉はみずからも回収に動き、同時に全体を統制した。西隈には「適当に束ねておいてくれ」と縄を押しつけた。

伝単の目的は不和の種を蒔くことにある。ごまかしはどうしても不信を招く。たとえウ号作戦が成功しても戦の根本的な好転は望めないと中尉はたぶん断じていた。

「うまくないな。すべてがうまくない」

・

翌々日、吉岡上等兵をともなってムントウ支部へおもむいた。

経理を司る准尉によれば、伝単はビルマの戦況全般を綴ったものであったらしい。雇用しているビルマ人に訳してもらったという。日本酒の一升瓶と一抱えもある鏡餅を三つ出しながら続けた。

「敵にしてみればビルマ人向けニュースのつもりだろう。多少の誇張はあるが内容はおおむね正確だった。律儀なことに、連合軍も無傷ではないとまで書かれていた」

民心掌握は兵站勤務の基本である。ビルマ人向けニュースとの見立てが正しいなら撒布はきっと定期化する。雇用者といえどもビルマ人に訳させ続けるわけにはいかなかった。

日本酒と鏡餅を吉岡上等兵に押しつけて西隈は受領証に捺印した。支部長の指示か、はたまた必要性をもともと感じていたのか、表情をひとつ改めて准尉は言った。

「西隈、お前ビルマ文字の読み書きを学んでおくつもりはないか。各個の努力に甘えるのは忸怩たるものもあるが現状では集合教育すらむずかしい」

「進級欲はあまりないつもりですが」

「格好つけるな。お前が出張所本部に配属されたのはビルマ語に秀でているからだぞ。語学は天分に負うところが大きい。伝単だけではない。読み書きが必要となる場面はこの先たびたび訪れるだろう。連合軍の力はまず衰えない」

「何かフーコン谷地の新しい情報が入っているのですか」

さすがに叩き上げは鋭かった。西隈の目を見据えつつ准尉は逆に質した。

「なぜフーコン谷地が気になる」

「実はモンネイが気にかけていまして。前任部隊がいますから」

「前任部隊がフーコン谷地にいることなど知るまい」

「北にいることは知っています」

軍行動のあれこれを訊いてはならないとモンネイは心得ている。それでもビルマ語の伝単の話を耳にすると不安でたまらなくなったらしく、「北の敵はまだ退却しないノカ」との質問を今朝口にした。
たかが子供ひとりの不安と片づけてはならない。担当区域に広がる動揺の発露である。流言飛語の把握も兵站勤務者の仕事であるなら准尉もなおざりにはできない。「尾鰭がつかぬうちに抑えておきたいところだな」と腕が組まれた。酒をたしなむ住民はいないが、餅は山にもふるまわれる予定である。正月準備はつまり民心安定策でもあるのだった。

　期待が薄かろうとウ号作戦の成功を願うよりないのだろう。インドとビルマを隔てるアラカン山系を城壁とするなら、インパールはさながら城門である。これを奪えばビルマ防衛に一息つけるし、ビルマ人の心の振幅も抑えられる。それまではとにかく辛抱を続けねばならなかった。

　敵機の飛来頻度がまったく憂鬱だった。

　支部をあとにして一キロと歩かぬうちにまたしても空襲警報にぶつかった。

　ビルマ人は耳がいい。籠を頭に載せた婦人集団が「飛行機が来る」と騒ぎ始めて間もなくサイレンが鳴り始めた。ムントウの町は渡場の次に空襲を受けやすく、道路わきには退避所が点在している。牛車の多さに配慮し、大半は土嚢壁が設けられていた。

　軍人に文句のひとつも言いたくなるのが人情だろう。退避所に腰を落ち着けるや否や「イングリの飛行機をなんとかしてくれ」と婦人集団は求めた。対空射撃がないゆえに敵機はときに大胆な低空飛行をする。みるみる近づいてきた爆音は大気を震わせる轟音となって直上を過ぎた。他所への攻撃ついでの威武飛行だった。人々は耳を塞ぎ、赤ん坊の泣き声がどこかで上がった。町には昼寝中の者もいたはずで、これでは精神的に参りかねなかった。

その効果も狙っている敵を承知していながら打てる手はない。日本軍の株はじわじわと下がっていく。土嚢壁に牛車を寄せていた初老の御者(ぎょしゃ)にいたっては西隈たちに同情の面持ちを寄越した。

「マスター、渡場へ行くなら乗って行け。金はいらないよ。あんたらにはしっかり戦ってもらわないと困るからね」

疲労や病気に倒れる日本兵の話ももはや珍しくない。警報解除のサイレンを待って牛車に乗り込むと、御者はいっそうの同情を寄越した。

「去年までは日本の飛行機もそこそこ見られたのにな。マスターたちも悔しいだろう。渡河用の舟までが不格好になっては先が思いやられるだろう」

それは、できるなら口にしてほしくないことだった。ムントウまでの往路で西隈たちはその不格好な船に乗って支流を渡った。工兵は代用門橋と呼んでいたが実体は単なる筏(いかだ)である。主材がドラム缶とくればみっともないとしか表現のしようがない代物だった。

やがて達着した渡場には人が溢れ、そのぶん物売りも増えていた。防錆塗料を塗りたくられたドラム缶筏が木々の合間にうかがえた。櫂を手にした工兵は心なしか恥じ入って見えた。「じゃあ元気でがんばれ」と引き返していく御者を見送り、渡河受付を済ませたあと、西隈は形容しがたい疲れを覚えた。ドラム缶筏は言うまでもなく微速である。空襲警報のたびに工兵は心臓が縮むだろう。先ほどの敵機の影響か、渡場長は苛立っていた。

渡河の順番が回って来るまで三十分ほどかかった。輸送力そのものが日ごとに低下している。同乗者には、頭や手に包帯を巻いた独歩患者も含まれていた。

戦闘で傷ついた者と空襲で傷ついた者は明確に見分けられる。前線下番者は顔つきから異なり、いずれも軽々に声をかけられる雰囲気ではない。それでいながら負い目じみた気配を漂わせている。隊友の苦労を忘れることがないからだった。マンダレーで補充兵を受領した土崎軍曹も帰路を可能な限り急いでいるはずである。

同じことを考えていたのか、近づく対岸に目を留めたまま吉岡が問うてきた。

「先日訪ねてきたという前任部隊の軍曹殿は負傷されていましたか？」

「無傷だ。後送じゃないんだからな」

「様子はどんな感じでしたか？　やはり野戦の雰囲気を漂わせていましたか？」

「兵站勤務者とは明らかに異なったな」

「まさかあの方ではありませんよね」

無傷の前線下番者を見る機会などまずない。気配が周囲の者を遠ざけているのか、吉岡の示す対岸の人物は場からひどく浮いていた。

間違いなく土崎軍曹だった。複雑な表情でドラム缶筏を眺めつつ、土崎軍曹は連れとおぼしき兵隊と何かを語らっていた。

・

目が合ったとたん息を呑むような表情が返ってきた。接岸と同時に西隈はドラム缶筏を飛び降りた。

「奇遇ですね。いや、必然とも言えますか。街道は一本だ」

「西隈軍曹はまたなぜこんなところに?」

「街道にはちょくちょく出てきますから。今日はムントウ支部までの使いです」

そうですかとつぶやき、土崎軍曹は言葉を探すような間を取った。再会を喜び合うような間柄ではないとはいえ、充分な社交性を持ち合わせている下士官である。視線をそらす様子はいぶかしかった。

「……いや、すみません。渡河待ちをもどかしく思っていたので」

「お察しします」

車両を乗り継いでの往復である。聞けば、ヘジからひとつ南の兵站宿舎を今朝出てきたという。ヘジまで歩いたあとトラックに便乗できたとの旨が問わず語りに説明された。

「夜間は鉄路も利用できたので案じていたほどの苦労はなかったのですが、サガインから先は大事でした。イラワジ河でいろんな部隊が入り乱れていて宿舎利用にも手間取ったほどです。僧院泊になる部隊もあるという話でした」

土崎軍曹の周囲には補充兵の類が見当たらなかった。連れの兵隊は目礼だけを寄越した。

相づちを返すしかない西隈から土崎軍曹はまた視線をそらした。「お前はここで待っていろ」と兵隊に告げて、そっと頭を寄せてきた。

「西隈軍曹、少しいいですか」

渡場から距離が取られるほどに土崎軍曹はばつの悪そうな顔になった。果物売りの娘が近づいてくるとマンゴスチンを買い求めてひとつを西隈に押しつけた。

「この辺りはまだ果物も安いですね」

「都市部ほどの物価上昇はありません。フーコン谷地ではどうですか」

「向こうは人口希薄で物売りは皆無です。我々は軍票ももらっていません。この往復で経理将校から軍票を渡されたとき、魔境からの脱出権を与えられたような気がしまし

い

た」

　土崎軍曹はマンゴスチンをあっという間に平らげた。休日もなければ正月準備もない前線を否応なく想像させる姿だった。

「何か手違いでもあったのですか？　補充兵がまだ着いていなかったとか？」

「いえ、そういうことではありません」

　わずかに伏せられた顔にも前線下がりの色は湛えられていた。

「西隈軍曹、座りませんか。門橋の順番まではまだあります」

　大木の陰に腰を落ち着けると同時に土崎軍曹は太い息を吐いた。それから出し抜けに頭を下げた。

「本当に申し訳ない。先日、自分は任務を偽りました。補充兵受領の予定などもともとありません」

　一介の下士官にすぎない。人的余裕がないという理由はつくにしても軍行動がらみで隊を離れたわけではなかろう。ならば、何かを提出するだけの使いでしかあり得なかった。

　土崎軍曹はその内容を言いあぐねていた。言いあぐねる理由などひとつしか思い当たらず西隈は返す言葉を見つけられなかった。「モンネイはパゴダ参りを続けているのでしょうね」とかけられた質問にも沈黙で答えた。想像を前提にすれば、チボー部落に立ち寄ったことにも嘘をついたことにも恐ろしく納得がいった。

「遺骨宰領でした」

また近づいてきた果物売りからバナナを二本買い求めて土崎軍曹は唇を固く結んだ。機械的に軍票を出し、機械的に一本を西隈に押しつけると、とつとつと語り始めた。

茶毘にふされた中隊戦死者の小指を連隊に届けたところが、連隊はおろか遺骨をまとめている師団ですら使える下級将校と下士官が払底していた。結果、土崎軍曹はマンダレーまでの宰領を命じられることになった。慣れない任務に戸惑いは拭えなかったが遺骨宰領者にはどこの隊も配慮してくれた。おかげで往路では予定よりも早くヘジの兵站宿舎に入れた。そして甘えを覚えた。トラックの出発まで時間があったことに加え、自隊の戦死者の慰めになるという言い訳に背中を押され、ついチボー部落まで足を運んでしまった。

「子供らと炊事婦さんとハチを見たとき自分は思いました。結局は自分自身を慰めたかったのだろうと。情けない話です。思い出に浸って戦を忘れたんですからね。戦死者をダシに使ったんですからね。今日こうして西隈軍曹に出くわしたのは天罰でしょう。恥を知れと神様が言っているのです」

中隊戦死者は十名という。仮に中隊員を二百名とするなら早くも五分が戦死したことになる。

五分の戦死者が出る戦況は深刻だった。戦闘の法則からすれば負傷兵を含めた損害は二割に達し、二割を削られた隊が隊としての力を発揮し続けるのは困難である。本来なら何を措いても戦力回復手段を講じねばならなかった。

「モンネイとの約束を反故にしてしまったと小隊長殿は悔やんでいました。ビルマの未来をよく語っていましたから」

中隊戦死者に中津嶋少尉が含まれているのは確かめるまでもないことである。モンネイに対する後ろめたさを土崎軍曹は隠せずにいた。

モンネイに乞われるまま再会を誓っただろう中津嶋少尉を不運と片づけるのはむずかしい。幸いというべきか、その最期が詳しく語られることはなかった。他の戦死者と同じく敵火に倒れた。煎じ詰めればそれだけのことで、土崎軍曹が語ったのはいまわの際に漏らされた遺言のみだった。

その遺言こそが土崎軍曹をしてチボー部落へ寄り道させた理由である。ビルマは死に甲斐のある国だと自分に言い聞かせるためであり、すべては帰隊後の戦死を覚悟しているからだった。

モンネイの凧にビルマの三色国旗が描かれたのは当然と言えば当然だろう。かつてはビルマ独立義勇軍も使用したものである。その真ん中には孔雀（くじゃく）の意匠（いしょう）があしらわれていた。

「オイ西隈軍曹ドノ、貴様知っておるカ。黄色は僧、緑は米、赤は血ヲ意味しているノダ」

僧のいないビルマなど想像できないし、米にいたっては主要産品である。しかし血はそぐわない気がする。西隈としては熱血と解釈したいところだった。ことあるごとに怠惰（たいだ）と言われる国民には熱血こそが必要だとビルマ独立義勇軍は考えたろう。

「ほら見ヨ。美しいダロウ。これが空高く揚がるところヲ見たいダロウ。すぐに見せてヤル」

集まった子供たちはやがて整列した。試験であり練習である。それぞれ大事そうに抱えられた凧には思い思いの絵が描かれていた。

翳（かげ）る空の下を先導しつつ、西隈は微風にそよぐ部落の梢を眺めた。常緑の木々は季節感に乏しく、年末の雰囲気はかけらもない。どこの家も夕涼みの最中である。道端でおしゃべりをしていた住民たちは暇に飽かしてぞろぞろとついてきた。

瘤牛の消えた放牧地に着くとモンネイの両親が歩み寄ってきた。

「ロンジーの染料を絵の具にしたんですよ。紙に塗ると色合いが変わるからいろいろ調合もしたんです。孔雀旗は色が多すぎて、それはそれは大変でした。もっと単純な図柄にしろと言ってもモンネイは聞かないのです。その点、日本の旗は楽ですね」

実際、日の丸が採用された凧もあった。竹籤作りで要領の良さを発揮していた子供の作品である。見たところモンネイほど凝った意匠はない。象や牛などの動物が目立つ。

風下に立った子供たちは大騒ぎしながら凧を揚げ始めた。

「パゴダや僧侶の絵がひとつもないのは寂しいな」

「西隈マスター、それは畏(おそ)れ多いからです。落ちたら大変です」

孔雀旗や日章旗なら落ちてもいいのかとの疑問は口にすべきではないだろう。そもそも比較できるものではない。ビルマ人にとっての仏教は絶対だが国家はうつろうものである。

国家がうつろうものであるからこそ国土改善意識も弱い。雨のたびにぬかるむ道も雨期のたびに氾濫する河も放置されてきた。ゆえにビルマは、いまだに未開の印象を抱かれている。

西隈自身、兵站地区隊のビルマ入りを知ったときは不安が先に立った。首狩りや人食いといったまことしやかな話すら輸送船では聞かれた。イギリスの探検家が著した冒険譚などは密林と非文明と野生動物の描写だけで出来ていると言われ、総じて蛮国と位置づけられるのはやむを得ないことだった。息子のビルマ入りを知った親たちはさぞ不安を高めただろう。

内地への手紙でおだやかな軍務がやたらと強調されるのはそのためである。自分の無事と健康を伝えるかたわら、ビルマにつきまとう誤解を拭おうと将兵は必ず努める。とりわけ子を持つ者は、ビルマの子供の健全な心と高い識字率に支えられた文化を書く。国という枠でビルマを伝えるよりもそれは遥かに効果的だった。

「おお、ずいぶんと揚がっているな。うまいものだ」

まったく予期せず所長が現れた。帯同者は渡辺曹長だった。ほどよい風を受けて舞う凧をふたりの上官はそろって仰ぎ見た。

うまく揚がっているのは四分の三ほどだった。何度やっても落ちるものは西隈のもとへ持ち込まれた。どれも反りや糸目に問題はない。足の調節要領を指導してしまえば各自の体得に任せるだけだった。

挨拶を寄越す住民とひとしきり言葉を交わしたあと所長はモンネイの凧に目を留めた。

「あざやかな孔雀旗だな。絵の指導もしたのか？」

「自由に任せました」

空の赤みが増すほどに光量は落ちていく。空襲頻度を考えれば呑気に揚げるわけにはいかず夕刻を選ぶしかなかったのである。所長はいかにも惜しげだった。

「時間がないのは残念だな」

「正月くらいは敵機も遠慮してくれるといいのですが」

何がいけなかったのか、思いもかけない無表情が返ってきた。もともと感情表現に乏しい将校ではあるものの、状況からすれば奇妙としか言いようがなかった。所長の目は心なしか険しくもあった。

冷静に考えれば凧揚げを見に来たことからして奇妙である。場違いの自覚からか「なにはともあれ正月準備は予定通り進めておけ」と言い置いてあっさり引き返した。

その背中に続きつつ渡辺曹長が振り返った。

「ビルマの子供が揚げる凧など二度と見られんだろうしな。所長殿も人の子なのだ」

茜(あかね)空に凧の舞う光景は平和としか言いようがなかった。子供たちは存外に絵がうまく、動物はどれも生き生きとして見える。観察力が優れているのだろうか。とりわけ西隈の目を引くのは象の親子が描かれた凧だった。母象について歩く小象は背中を見て育つ雰囲気を漂わせている。奔放に描かれているからこそ本質をとらえているように感じられた。

子供たちの観察眼は、むろん日本軍にも向けられている。大雑把であろうと伝単等で戦況も知り得る。西隈たちの言動に不自然なところがあればごまかしを見抜くだろう。それでなくとも、この地に来て二か月ほどでしかない出張所の面々はまだ秤にかけられているとみなしておかねばならなかった。

時間がない。

この地における勤務時間がもう残されていないという意味でしかない。前任部隊の例を今さら持ち出すまでもない。移駐の支度はいつでも隠密裏に進められる。悟られぬための手も可能な限り打たれる。前任部隊は部落長の誕生日を祝う準備を進めた。凧作り教室を含む正月準備は移駐内示を受けたがゆえだったことになる。

心を鎮めるべく西隈は舞い続ける凧を見つめた。

炊事婦の直感は正しかった。幌付き牛車のためではない。きっと言語化できない空気の変化を嗅ぎ取っていたのである。

・

移駐に際しては先遣隊を出すのが通例だった。規模はともかく、支部からはすでに人員が放たれているだろう。

では移駐先はどこか。

まず考えられるのがチンドウィン河に繋がる兵站線である。ウ号作戦に向けた兵站線強化は始まっている。水牛隊の中尉もごった返した渡場を語っていた。イラワジ河からチンドウィン河に続く道路に配置されたあとは野戦倉庫を開設して作戦師団の支援に入ると見るのが妥当だろう。いずれにせよ危険度は上がる。牛車にのんびり揺られる軍務もこの地が最後になりかねないと思うと出征前夜のような心地に包まれた。

「今日は雲ひとつないナ。敵機は来るカナ」

歩みをほぼ瘤牛に任せてモンネイは手綱を取っていた。チボー部落をひとたび出れば部落巡回と街道通いに使ってきた牛車道である。刻まれた轍をひたすらなぞる。朝の涼気は土と緑のにおいを含んでいた。

どこの部落でも光景はこれまでと寸分違わなかった。モンネイの牛車を見た住民は部落長を呼びに走る。現れた部落長は飯を食っていけと言う。今度ごちそうになると西隈は応じる。見かける住民と雑談を交わし、平穏が維持されていることを確認すれば次の部落へ向かう。山道には左右から緑が迫り、ところによっては隧道の様相を見せる。鳥の声が不定期に聞こえ、ときに猿の群れが枝を渡る。

普段と異なる反応にぶつかったのはフラウル部落に入ったときである。牛車を降りる西隈を見ながら部落長はこれまでにない言い回しで食事に誘った。

「どうもお腹が減っているように見えます。今日は是が非でも食べていってください。

マスターを空腹のまま送り出したとなれば、わたしの立つ瀬がなくなります」

住民に気取られるほど迂闊ではないつもりである。自分はもう身内同然なのだろうと思わざるを得なかった。

食事が出てくるまでの雑談も身内話に近かった。部落長は青年のひとりの結婚予定を語った。運び屋をしているうちに街道筋の娘と親しくなったのだという。

「この乾期のうちに式を挙げるつもりです。西隈マスターも参列してくれますか」

新郎新婦は特別にあつらえた礼服をまとい、着飾った子供たちが華を添え、ビルマの結婚式も賑やかである。「来るなと言っても押しかける」と西隈は返した。

「所長さんはどうでしょう」

「喜んで顔を出すに決まっている。所長殿もようやくこの地の勤務に慣れてきたらしくてな、昨日はチボー部落の凧揚げの練習を見に行ったのだ」

出歩きを好まない所長を勘ぐる向きはチボー部落以外にもあり、そのつど西隈は不慣れを強調してきた。稀にしか姿を現さない効果は大きく、所長は階級以上に重々しくとらえられている。安く見られまいと努めてのことなのは確かだが、理由はそればかりでないと西隈は昨日気づかされた。今年の乾期に戦が動くことは予測されていた。ようするにこの地での勤務は長くないと当初から判断していたのであり、将校も別れはつらいということである。出された米に手を伸ばしつつ、住民掛には適していただろう自分の間抜け具合を西隈は省(かえり)みた。

「牛に草ヲ食わせてクル」

　食事を終えるとモンネイはさっさと出ていった。部落ごとに同年代の友達がおり、食後をたわむれに過ごすのはいつものことだった。

　協同作業所の方向からは子供の声がさかんに上がっていた。井戸へ向かっているのだろう婦人たちの声はいつものごとくかしましかった。それらを割ってコオンテンの声が唐突に聞こえた。

「西隈マスター、食事は済みましたか。少しお時間をいただけますか」

　部落長との懇談中に呼ばれるのは初めてだった。何事かと露台に出ればコオンテンは恐縮顔になった。驚いたことに隣にはドホンニョが立っていた。

「西隈マスター、ごめんなさい。ドホンニョがどうしてもと」

　コオンテンの手を借りつつ露台に上がってくると、ドホンニョは丁寧な挨拶をした。自分の家もよその家も同じである。あるいは段取りがつけられていたのだろうか。気を利かせた様子で部落長が腰を上げると、「ではわたしはこれで」とコオンテンも消えた。

「いえね、西隈マスターが来たら時間をもらいたいと思っていたところでしてね。無礼を承知でお邪魔したしだいです」

　女学生のごとく足を流して座り込み、ドホンニョはロンジーの裾をそっと整えた。

「よしてくれよ。また精霊のお告げがどうとか言うんじゃないだろうな」

「そうではありません。西隈マスターの言ったことはちゃんと守っています」

守っているからふたりきりで話したかったのだとドホンニョはセレをくわえた。西隈が座り直すのを待ってゆっくりと火を点けた。

「西隈マスターもお忙しいでしょうから、あまり時間は取らせたくないのですが」

「時間は気にしなくていい。残りの部落を回って帰るだけだ。用件はなんだね」

せっかちになるべきではないと思う一方で心の奥底に広がる焦燥感を抑えられなかった。部落長に外れてもらっての用件などそうそうあるわけがなかった。

「中津嶋マスターともよくこうしてお話をしました」

セレの火の粉を炉に落とし、ドホンニョは懐かしむような表情をした。西隈の顔がおかしかったのか目元だけで笑った。

「驚くことはないでしょう。中津嶋マスターはよく巡回に来ていましたから」

手製のタバコ盆を贈られるほどである。ときには長話もしただろう。ドホンニョはそれを「ありがたいことでした」と言った。

「西隈マスターは中津嶋マスターと話をしたことがありますか」

「残念ながら俺はお姿も拝見したことがないのだ」

そうですかと目が伏せられた。主旨の見えにくいことがその後に語られた。

「中津嶋マスターはとても勉強熱心な方でビルマのあれこれをよく質問しました。踊りの種類とか音楽の種類とか火祭りのことや水祭りのこと、果てはシャン族の富籤（とみくじ）のことまでを知りたがりました。そんなことは兵隊さんの仕事には関係ないでしょうけど、わたしが答えるたびに中津嶋マスターはたいそう感心していました。もちろん日本のこともよく話してくれました」

　西隈の反応を待たず、「中津嶋マスターの語る日本の話はとてもおもしろかった」と言葉が継がれた。

「日本では山の色が季節ごとに変わるそうですね。火や煙を噴く山もあるのだとか。わたしは静かな緑色の山しか見たことがありませんから、真っ白になったり真っ赤になったり火や煙を噴いたりする山の姿がうまく想像できませんでした」

　同じ話はモンネイにも披露されただろう。日本で学ぶことを夢見るに至ったひとつの理由である。

「その経緯だったと思いますが、わたしは一度こう尋ねたことがあるのです。景色の変わらないビルマに送られてきて日本が恋しくなりませんかと」

「ならないと答えただろう」

「おや、どうして分かるのですか」

「軍人ならば誰でもそう答えるよ」

ドホンニョは感心の吐息をついた。

「中津嶋マスターもずいぶんとお若かった。よその国で命をかけて責任を果たすなんて簡単ではないでしょうに、ビルマはいろんな人種がいて見聞が広まるから実に楽しいとのことでした。勉強できる幸せを与えてくれる上に年俸までくれるのだから軍隊は素晴らしいとまで言ってました」

強がりが含まれているにせよ、そういう見方は確かにできる。細かい定め事に息が詰まる反面、定め事を守ってさえいれば安泰でいられる組織である。

部落巡回も中津嶋マスターにとっては大切な勉学の時間だった。得心を深める気配とともにそう強調し、ドホンニョは不意に質した。

「西隈マスターはどうですか」

「俺だって軍籍になければ異国を見る機会など得られなかったからな。ビルマ語も覚えたし大変勉強になる」

「軍隊は素晴らしいですか」

「ああ素晴らしい。学もない俺が曲がりなりにも官の立場なのだぞ。これほどありがたいことはないよ」

「死ぬかも知れないのに？」

風貌にそぐわない、ともすれば冷たいとも言えそうな口調だった。嘘を許さぬ視線が直後に向けられ西隈はわずかにたじろいだ。ドホンニョの顔は孫の出征を前にした祖母のようだった。

「戦死は日本男児の誉れだぞ。中津嶋少尉はそう言ってなかったのか?」

「言っていました。ですが学ぶ喜びと死ぬ誉れはどこか反していませんか?」

少なからずのビルマ人が抱いている疑問だろう。勉学は未来を拓く行為である。果たしてモンネイはどう思っているか。

学ぶことの大切さを説き、世界の広さとビルマ発展の必要性を説く中津嶋少尉を見ながら、矛盾を感じなかっただろうか。感じたとすれば訊いてみただろうか。そのとき中津嶋少尉はなんと答えただろうか。

「すっかり老いたわたしでも知らずにいたことを知るのは楽しいのです。言えないことはあるでしょうし、方便もときには必要でしょうけど、それでも中津嶋マスターが語る日本の話や軍隊の話は楽しかった。わたしは出歩いても部落の近辺くらいですから、よそから来る人がことさら新鮮です。日本から来た兵隊さんがこんな山の中に足を運んでくるなんて何年か前までは夢にも思わないことでした。しかも兵隊さんは努力してビルマ語を覚えています。自由にお話ができる。こんな素晴らしいことがあるでしょうか」

何かしらの勘が働いているのか。

精霊がささやいているのか。

仮にそうであるとしても、ここでは重要ではなかった。軍隊の定住があり得ないことは誰しも分かっている。戦がにわかに動き始めたことも分かっている。ビルマ語の伝単までが撒かれた現状でドホンニョにできるのは、親しくなった将兵の無事を祈ることのみだった。

「精霊などという話が軍隊で通用するはずがないのに西隈マスターは耳を傾けてくれましたね。西隈マスターの困惑を思えば不謹慎でしょうけど、わたしはあのときも楽しくてなりませんでした」

どう答えたものかと悩むうちにドホンニョは畳みかけてきた。

「西隈マスター、次のお休みはいつですか？　次のお休みには予定が入っていますか？　予定がなければわたしと一緒にパゴダに行ってください」

「なんなら今から行くか」

次の休務はたぶんない。それ以前にドホンニョの切実さを目の当たりにしては他に返しようがなかった。幸いモンネイの瘤牛は今日も元気である。

牛車に乗り込んだとき、自分は住民掛としての正念場を迎えているのだと思った。

好天の乾いた空気はどこまでも澄んでいた。体力低下と空襲増加に参拝を長らく欠かしていると語りつつドホンニョは牛車の揺れに身を任せた。山の牛車道にも退避所を点在させておけば参拝時の不安が減るなどとモンネイが提言した。軍と山で検討の場を設ける必要のあることだろう。後任部隊もしくはムントウ支部への申し送り事項とせねばならなかった。

「数え切れないくらいパゴダに通ッタ年寄りが少々参拝ヲ欠かしたところでバチなど当たるマイ。問題は貴様ダ、西隈軍曹ドノ。貴様は数える程度しか参拝していないダロウ。今日ドホンニョの参拝ヲ見て心ヲ入れ替えヨ。街道に出るときは必ずパゴダへ立ち寄るようにセヨ」

パゴダへ続く道にはいつものように参拝者が見られた。瘤牛は勝手知ったる様子で進み、花売りのそばで停止した。

花を買い、参道の入り口で編上靴を脱ぎ、ドホンニョの歩度に合わせて歩いた。参拝者がゆったりと流れる境内は人の声に溢れ、柔和な顔をした仏像の前では香が焚かれていた。厳かでありながら賑やかである。合掌しては叩頭し、合掌を解いては仏像を仰ぎ、一部の熱心な参拝者はなかなか立ち去ろうとしなかった。

モンネイは境内に踏み込んだとたん無駄口を控え、仏像の前にドホンニョがかしこまると即座に倣った。

「西隈軍曹ドノ、貴様も早く額ずくノダ」

パゴダにあっては老いも若きもない。街道であれば愛想のひとつも寄越すだろう見知らぬ人々も、作法を真似る日本人にまるで無関心だった。彼らはきっと普段の人格も忘れている。それこそが無心と呼ばれるものだった。

祈りの場であり、憩いの場である。そして本音の飛び交う場である。隣の参拝者のつぶやきに戦争の終結を念じる文言を聞いたとき若干の負い目を覚えた。

姿形をいくら真似ても無心は訪れず、合掌を解きながら西隈はきらびやかな仏像を見上げた。圧するような雰囲気はどこにもない。なんの憂いも感じさせない表情は、この世をあるがままに受け容れていた。

「中津嶋少尉ドノはこっちの仏像ヲ好んでイタ」

何度かの合掌と叩頭を経てモンネイは他の参拝者から離れた。境内の一角に鎮座する小ぶりな仏像へと神妙な足取りで向かった。

「どうダ。優しいお顔ダロウ」

それは確かに優しい顔をした仏像だった。きらびやかな点では変わりがないものの、印象がより柔らかく、親しみやすさがあり、慈悲の色が濃かった。

「お前、中津嶋少尉殿とは何回くらい参拝に来たんだ」

「三十回くらい来タ。ビルマの発展と平和ヲ一緒に祈ったノダ」

モンネイいわく、中津嶋少尉の参拝間隔はだんだんと詰まっていったらしい。当初こそ益があると考えて足を運んだのだろうし、付き合いのつもりでしかなかったろうが、駐屯が安定するほどに余暇の恒例となったようである。ビルマの独立日には隊を率いて参拝したという。

「ビルマの発展と平和以外に中津嶋少尉殿は何も祈らなかったのか?」

返答をわずかにためらったあとモンネイは無念そうに言った。

「まことに残念ながら他の祈りハ教えてもらえなかったノダ」

個人的なことも祈ったろう。慈悲の色の濃い仏像は人の心を開かせる力を持っている。しつこく問うモンネイにも屈さず、中津嶋少尉はついぞ口を割らなかったという。抜かりのない将校はパゴダにおいても抜かりがなかったのである。祈りを教えることは不安を教えることだった。

モンネイはここでも厳かに合掌した。床にこすりつけんばかりに頭が下げられたときにはまた無心の横顔を見せていた。ほどなく隣にドホンニョがかしこまり、先刻とまるで変わらぬ厳かな合掌がなされた。

人種以前に、やはり普段の心がけが異なるのだろう。思うところの多すぎる西隈にはどうしても無心が訪れなかった。ドホンニョとモンネイは西隈の名を織り込んだ祈りを口ずさみ続けていた。

合掌の手に無用な力が入り、自身を落ち着かせるべく香を胸一杯に吸い込んだとき、土崎軍曹が語った中津嶋少尉の遺言が思い出された。

ビルマでのことなら死に甲斐もある。ここには、恨みを知らず足(たる)を知る人々が暮らしている。その独立を見届けることができたのだからわたしは果報者だ。未来を案ずる必要もない。機会を与えさえすれば子供たちは勉学に励む。いずれ蔣介石のような人物が現れ、良き伝統と道徳を守りながらビルマを強く発展させる。すなわちビルマは滅びぬ。人類はやがてビルマ人の心の持ちようがこの世における理想と気づく。人類がビルマの人々を見習うとき地球からは戦がなくなる。

出血に朦朧（もうろう）としながら発せられた言葉であったという。遺言というのは不正確だろう。薄れる意識の中で見た、それは中津嶋少尉の夢である。

苦しみと縁の切れぬ世界ゆえに仏教は生まれた。パゴダに参る人々は、合掌する他人を見ながら逃れようのないこの世の摂理を嚙みしめもする。物心つく頃には達観じみたものを会得（えとく）する者がいたとしても不思議ではない。質素を極めるような暮らしも、自然に抗（あらが）わぬ生き方も、結局はそこに収斂（しゅうれん）する。

地球規模の戦にあっても軍人としての祈りは慎まねばならなかった。パゴダはあくまで人の心が集う場所である。

心を通わせた人々が悲しむ結果にならぬよう西隈は祈った。いかなる立場の将兵も、この場に置かれれば同じだろう。国家や身分を振り払った人間の祈りなど他にあるはずがなかった。

本書は小社より、二〇二〇年四月に単行本刊行されたものです。

双葉文庫

こ-17-03

ビルマに見(み)た夢(ゆめ)

2023年2月18日　第1刷発行

【著者】
古処誠二(こどころせいじ)

【発行者】
箕浦克史
【発行所】
株式会社双葉社
〒162-8540 東京都新宿区東五軒町3番28号
［電話］03-5261-4818(営業部)　03-5261-4831(編集部)
www.futabasha.co.jp（双葉社の書籍・コミックが買えます）
【印刷所】
大日本印刷株式会社
【製本所】
大日本印刷株式会社
【カバー印刷】
株式会社久栄社
【DTP】
株式会社ビーワークス

【フォーマット・デザイン】
日下潤一

ISBN978-4-575-52639-4 C0193
Printed in Japan